Libro de Exploración

Memorias de Térragom

Juan Vicente Pérez Javaloyes

© Juan Vicente Pérez Javaloyes

https://twitter.com/CTerragom

https://www.instagram.com/cronicasdeterragom

cronicasdeterragom@gmail.com

Accede en el siguiente enlace a recursos descargables de apoyo a la aventura: **http://www.cronicasdeterragom.com**

Editado por Juan Vicente Pérez Javaloyes

Aviso importante

El "**Libro de exploración**" que tienes en tus manos surge como sugerencia de una parte de los jugadores que están viviendo las aventuras de la serie de librojuegos "Memorias de Térragom". Es importante que sepas que se trata de una obra totalmente opcional, ya que no es imprescindible para poder jugar a estos librojuegos.

La idea de este libro es ofrecer una alternativa lúdica al manejo de la página web que acompaña a los librojuegos de la serie y en la que, entre otras cuestiones, puedes explorar un inmenso mapa hexagonal. La web en cuestión a la que este libro sustituye es ésta: http://memoriasdeterragom.cronicasdeterragom.com/ y en "Los yermos de Grobes", primer volumen de la serie "Memorias de Térragom" (en su sección 47), tienes una explicación detallada de cómo manejarla para viajar a través del extenso mapa.

Para aquellos jugadores que prefieran tener una experiencia de juego alejada de lo digital y fundamentada exclusivamente en esa sensación placentera y palpable de los libros físicos, es para quienes está pensada esta obra, gracias a la cual podrás prescindir del uso de la página web y usar este libro como complemento a los librojuegos. Por todo lo dicho, debes saber que en este libro tienes todo el contenido, tanto textos como gráficos, que está en la mencionada página web.

Es importante que leas el siguiente apartado ("Cómo usar este libro") donde se explica la forma en que debes manejar este libro pues, como podrás entender, su uso no es igual al que debes hacer si has optado por jugar acompañando la lectura de los librojuegos con la página web.

Bienvenido a "Memorias de Térragom" y espero que disfrutes de la experiencia.

Juan Vicente Pérez Javaloyes
abril de 2024

INDICE

Cómo usar este libro

Lo más importante es que siempre tengas presente que los librojuegos de "Memorias de Térragom" son los que guiarán el transcurso de tu aventura. En ellos tienes las reglas del sistema de juego y todas las explicaciones necesarias para que puedas emprender tu aventura. Si quieres empezar a jugar, por tanto, ve al primer librojuego de la serie, titulado "Los yermos de Grobes" y aparta de momento este "Libro de exploración". Ten presente que este libro simplemente sustituye a la página web http://memoriasdeterragom.cronicasdeterragom.com/ como complemento de dichos librojuegos. Por tanto, aquí no se explica ningún aspecto de las mecánicas de juego.

Dicho lo anterior, veamos cómo puedes usar este libro.

En la sección 47 del librojuego "Los yermos de Grobes" tienes una explicación de cómo explorar el mapa hexagonal mediante la página web. Un mapa en el que vivirás un trepidante viaje a través de las tierras centrales de Térragom. Pues bien, si has elegido jugar con este libro en lugar de con la página web, sustituye el contenido de dicha sección 47 por el que encontrarás a continuación, así de simple. No tendrás que hacer nada más, solo lee con atención la "SECCIÓN 47 ALTERNATIVA" siguiente y respeta las reglas de juego y resto de aspectos que vienen descritos en los librojuegos.

SECCIÓN 47 ALTERNATIVA

El resto de la cena transcurre sin apenas conversaciones y, las pocas que hay, acaban pronto y con un sabor amargo de fondo. Sois conscientes del peligro que se avecina y de que esta misión

solo acaba de empezar, así que lo prioritario ahora es intentar dormir un poco. La noche transcurre sin incidentes, abriéndose un nuevo día cargado de sombras, aunque también de esperanzas...

***

Enhorabuena por haber llegado hasta aquí. Desde este punto arranca tu aventura en toda regla. Vas a comenzar a explorar un extenso mapa hexagonal en pos de cumplir los objetivos de tu misión y ayudar a Wolmar a parar esta guerra. Presta atención a lo siguiente, dado que va a determinar la dinámica de la partida a partir de este momento.

Concepto de tiempo durante la exploración del mapa hexagonal.

Solo debes tener unas pocas cosas en cuenta a la hora de computar el avance del tiempo durante tu exploración del mapa:

- **Cada 6 "Puntos de Movimiento" que acumules (concepto cuya utilidad explicaremos a continuación), tendrás que sumar 1 día a tu contador de tiempo.**

- *Hay casillas del mapa que tienen un **coste mayor de "Puntos de Movimiento"** al visitarlas (como las montañas, algunos bosques, etc.). Mientras que otras, como los caminos, suponen un menor coste, aunque no siempre te convendrá explorarlos... El librojuego o este mismo "Libro de exploración" te informarán del número de puntos que deberás computar en tu ficha y en qué momento hacerlo.*

- *Si al sumar "Puntos de Movimiento" rebasas un valor múltiplo de 6, computa con normalidad todos esos puntos y considera que finaliza el día, aunque para la próxima jornada tendrás menos "Ptos. de Movimiento" disponibles.*

Por ejemplo, *imaginemos que tienes 4 "Puntos de Movimiento" consumidos en el día de hoy y que te adentras en un terreno complicado con un coste de 3 "Puntos de Movimiento" que el "Libro de exploración" te obliga a sumar. En total pasarías a tener 7 puntos. Es decir, acabaría el día al llegar a 6 puntos y el día siguiente tendrías 1 "Punto de Movimiento" ya consumido, el que excedía hasta llegar a los 7 que en total tienes.*

- **Cuando llegue el final de cada día**, *salvo que duermas en una posada, casa, cueva o lugar con techo, tendrás que hacer una* **tirada de encuentros** *para ver si sucede algo en la larga, fría y peligrosa noche a la intemperie.*

  Lanza 1D6 y consulta a continuación lo que ocurre en función del resultado (al final del librojuego "Los yermos de Grobes" dispones de una copia de esta tirada de encuentros; te recomiendo que la imprimas y la tengas a tu alcance durante toda la partida, ya que harás bastante uso de ella):

  - ○ *Si estás en una población o emplazamiento urbano:*
    - ○ *1: pasar la noche en las sucias calles tiene efectos nocivos en tu salud. Contraes una infección que te debilita (pierdes 2 Puntos de Combate durante los próximos 2D6 días).*
    - ○ *2: un ladrón intenta "limpiarte" los bolsillos. Lanza 2D6 y suma tu Percepción (si tienes la habilidad especial de Sexto Sentido, suma +2 extra). Si el total es igual o inferior a 9, pierdes 4D6 coronas de oro.*
    - ○ *3: descansas fatal, lo que te penaliza con un -1 a todas tus tiradas del día siguiente, salvo que consumas una hoja o pócima curativa.*
    - ○ *4: una patrulla de 1D6+2 guardias enemigos os localiza e intentan haceros presa. Debes enfrentarte a*

ellos. Cada uno de ellos tiene 1D6+2 Ptos de Combate y 30 PV. Si vences, ganas 15 P. Exp.

- o 5: noche tranquila pero fría. Si no tienes una manta, capa o abrigo, pierdes 1D6+1 PV.
- o 6: noche tranquila, no sucede nada. Además, el clima acompaña y no hace un frío insoportable.

- o **Si estás en territorio no poblado (llanura, bosque, montaña, etc.):**
  - o 1: una partida de 2D6+3 orguls os ataca. Cada uno de ellos tiene 1D6+1 Ptos de Combate y 28 PV. Si vences, ganas 15 P. Exp.
  - o 2: alguna alimaña da buena cuenta de una de tus raciones diarias de comida. Réstala de tu ficha. Si no tenías raciones, no ocurre nada.
  - o 3: descansas fatal, lo que te penaliza con un -1 a todas tus tiradas del día siguiente, salvo que consumas una hoja o pócima curativa.
  - o 4: noche tranquila pero muy fría. Si no tienes una manta, capa o abrigo, pierdes 1D6+5 puntos de vida.
  - o 5: noche tranquila pero fría. Si no tienes una manta, capa o abrigo, pierdes 1D6+3 puntos de vida.
  - o 6: noche tranquila, no sucede nada. Además, el clima acompaña y no hace un frío insoportable.

Y esto es todo en cuanto al cómputo del tiempo y las tiradas de encuentros durante la exploración del mapa hexagonal.

Dicho lo cual, veamos cómo desplazarte por el mapa empleando este "Libro de exploración".

La mecánica que te voy a explicar puede parecer a priori compleja, pero la entenderás en unos pocos minutos y, una vez puesta en práctica, cuando lleves unos pocos turnos de juego, comprobarás que es muy sencilla y rápida, además de enormemente adictiva. ¡Vamos a ello!

Como resumen de la dinámica de juego, podemos decir que, para progresar en esta peligrosa aventura, tendrás que explorar un extenso territorio que, de inicio, es totalmente desconocido para ti. Avanzarás a través de un mapa de casillas hexagonales, inicialmente ocultas, que tendrás que desvelar, de una en una, cada vez que el texto del librojuego indique *"**Sigue explorando el mapa"***. Es en ese momento cuando tendrás que coger tu mapa hexagonal e ir a una de las casillas adyacentes a la que en ese momento te encuentres.

Ten presente que no puedes hacer saltos a casillas no contiguas y que tu ubicación en el mapa la tendrás que marcar empleando algún *token*, miniatura o simplemente escribiendo sobre él, para saber en todo momento en qué casilla hexagonal te encuentras.

A la hora de avanzar por este mapa, encontrarás casillas en uno de los tres estados posibles que pasamos a explicar.

ESTADO 1 - *Casilla sin explorar*:

Aparecerá en blanco, sin ningún dibujo o marca realizado por tu parte (solo verás el código de identificación de la propia casilla que siempre será "hex" seguido de una cifra, **tu posición inicial en el mapa es la del hexágono hex242.**). Un ejemplo de casilla sin explorar sería el siguiente, donde tenemos la casilla hex34 en blanco y sin anotaciones ni dibujos realizados por parte del jugador:

9

hex34

Las casillas en este estado son aquellas que hasta el momento no has logrado explorar con éxito y que, por tanto, permanecen en un total misterio. Para poder sondearlas, tendrás que ir tú personalmente o podrás enviar a un batidor de entre los personajes que te acompañen. **Seas tú o sea uno de tus acompañantes quien explore una casilla, se considerará que siempre el explorador regresa atrás para unirse de nuevo al grupo** (es decir, que vuelve a la casilla del mapa en la que está ubicado el resto de la compañía).

- En caso de ir tú personalmente, automáticamente obtendrás el éxito en la exploración sin tener que hacer tiradas, aunque gastarás un tiempo valioso en esta carrera contrarreloj que es tu misión (consumes *2 Puntos de Movimiento*, concepto que ya hemos comentado al inicio de esta sección) **y además perderás 1D6 puntos de vida** por el cansancio o los percances que se supone que has sufrido. *Por ejemplo, en la imagen siguiente donde el grupo se encuentra en la casilla hex1 (imagina que usas un token redondo para indicar dónde estás en cada momento), si el jugador decide personalmente explorar la casilla hex2, que está en blanco y sin explorar, en lugar de enviar un batidor de su grupo, automáticamente conseguirá explorarla, pero tendrá que aumentar en 2 Puntos de Movimiento su contador y perder 1D6 PV antes de volver con el grupo y seguir la marcha.*

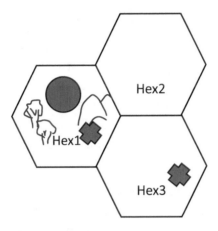

¿Qué significa tener éxito en la exploración? Pues que conseguirás que esa casilla sin explorar pase al *"ESTADO 2 - Casilla explorada parcialmente"* (que explicaremos más adelante).

- <u>Si optas por enviar a un explorador</u>, evitas perder esos *"2 Puntos de Movimiento" y esos 1D6 PV* por casilla a explorar, como ocurre en la opción anterior en la que rastreas tú personalmente, pero deberás efectuar una **"Tirada de Exploración"** para determinar si tu explorador tiene éxito o no en su cometido. Tras esa tirada, tu batidor puede que vuelva con interesantes noticias de lo que ese lugar esconde…, o puede que no regrese al fracasar en el intento, perdiendo así a uno de tus valiosos acompañantes.

¿Cómo se realiza esta "Tirada de Exploración"? Es muy simple: lanza 2D6 y suma el modificador de "Exploración" del acompañante que envíes a rastrear (durante la lectura del librojuego, además de con tus acompañantes iniciales, podrás toparte con personajes a los que puedes llegar a reclutar y para los cuales el texto indicará el valor de este modificador). Entonces, en función del resultado, consulta lo siguiente:

○ Si el resultado total está **entre 2 y 5**, el explorador desaparece y lo pierdes de tu grupo (anótalo como "Perdido" en la hoja de seguimiento de acompañantes que tienes en tu ficha, no lo marques como "Muerto" ya que puede ser que lo encuentres más adelante si tienes suerte). Además, la casilla a la que lo has enviado sigue sin desvelarse y, por tanto, en el *"ESTADO 1 - Casilla sin explorar"*.

○ Si el resultado es de **6 o 7**, el explorador resulta herido al rastrear el terreno. Si ya estaba herido previamente a esta tirada, desaparece, lo pierdes de tu grupo y la casilla a la que lo has enviado sigue sin estar explorada *("ESTADO 1 - Casilla sin explorar")*. Si no estaba herido previamente, pasa a quedar herido, anótalo en tus apuntes, pero logra regresar con el grupo y explorar la casilla con éxito, que pasa al *"ESTADO 2 - Casilla explorada parcialmente"*.

○ Si el resultado es de **8 o más**, el explorador regresa ileso de su misión de rastreo y consigue explorar con éxito la casilla, que pasa al *"ESTADO 2 - Casilla explorada parcialmente"*.

A pesar del riesgo de perderlo, **enviar a un explorador supone una gran ventaja** en tu avance por el mapa, respecto a la opción de ir tú personalmente. Ventaja tanto en *"Puntos de Movimiento"* consumidos como en tu capacidad de conocer mucho más rápido el terreno que te rodea.

Debes saber que puedes enviar tantos exploradores como desees de tu grupo a cada una de las casillas adyacentes a tu ubicación y que estén en *"ESTADO 1 - Casilla sin explorar".* Esto es, aunque puedes ir enviando, de uno en uno, a todos los exploradores que desees a una casilla en concreto que aún no ha sido posible explorar con éxito (porque otros exploradores fracasaron previamente al sondearla), debes tener en cuenta que cada batidor puede explorar una sola casilla por turno, así que **NO puedes** usar un único explorador para sondear todas o varias de las casillas que te rodean antes de desplazar al grupo a una nueva ubicación en el mapa.

Al enviar acompañantes a sondear, no gastas ningún *"Punto de Movimiento",* y todos aquellos exploradores que superen su "Tirada de Exploración", conseguirán convertir sus casillas en *"ESTADO 2 - Casilla explorada parcialmente".* Esto te permitirá ganar mucho tiempo respecto a si decides ir tú personalmente a explorar cada una de esas casillas ocultas (en cuyo caso consumirás *"2 Puntos de Movimiento"* y *perderás 1D6 PV* por cada una de las casillas que explores, como ya se ha dicho antes).

Recuerda que, si pierdes a uno de tus exploradores en su intento de explorar una casilla, puedes enviar a un nuevo batidor a esa misma casilla, si estás interesado en saber qué esconde y sin perder tiempo (siempre que, por supuesto, dispongas de los exploradores suficientes para ello).

ESTADO 2 - Casilla explorada parcialmente:

Dibuja una "X" en dicha casilla (es el caso de la casilla hex3 de la imagen que antes hemos empleado de ejemplo, donde puedes ver que se ha marcado con una 🔶 pero el resto de la casilla está en blanco y sin dibujos realizados por el jugador). Una casilla en este estado ha sido explorada con éxito por alguien de tu grupo (ya seas tú o uno de tus batidores como hemos explicado antes), **pero todavía no se ha trasladado a ella todo el grupo de personajes** (solo el explorador, que ha ido a investigar y ha regresado con el resto).

Tener cuantas más casillas en este estado es muy útil, ya que podrás entrever qué puede esperarte si viajas a ellas. Sin gastar ningún **"Punto de Movimiento",** dispondrás de una breve descripción de lo que esconden. Para ello simplemente ve a la página de este "Libro de exploración" donde se encuentra dicha casilla (verás que cada casilla está encabezada por un título así: "*Código de localización: hex2*") y lee el contenido de dicha casilla **PERO NO VISITES DE NINGUNA MANERA LA SECCIÓN O SECCIONES DEL LIBROJUEGO A LAS QUE TE MANDE**.

Gracias a esto, tendrás acceso a un breve texto que detallará lo que el explorador ha logrado averiguar, reduciendo así el factor azar en tu desplazamiento a través del mapa, que ya no será a ciegas. Tener una casilla en el estado de explorada parcialmente no te obliga a mover necesariamente a todo tu grupo hacia ella (moviendo en ese caso tu token, miniatura o ítem que emplees para indicar la ubicación de tu grupo en todo momento).

Solo si consideras que debes trasladar a toda tu compañía hasta esta casilla explorada parcialmente, moverás tu token o miniatura y la casilla pasará al *"ESTADO 3 - Casilla totalmente explorada".* Veamos a continuación qué ocurre con el último de los estados y cómo operar con el mismo.

ESTADO 3 - Casilla totalmente explorada:

En la misma imagen que antes hemos empleado de ejemplo, hex1 sería una casilla totalmente explorada (como puedes ver, el jugador ha dibujado unos árboles y unas montañas simbolizando lo que hay en esa casilla tras haberla explorado). Una casilla en este estado ya ha sido explorada con éxito y, además, indica que ya has trasladado con anterioridad a todo tu grupo hasta ella viviendo todas las aventuras que esconde.

¿Cómo operar con estas casillas?

1. Ve a la página de este "Libro de exploración" que contiene al hexágono que acabas de explorar totalmente.
2. Anota en tu ficha el coste de *"Puntos de Movimiento"* para la casilla en cuestión (el texto del propio hexágono te indicará la cantidad en concreto).
3. Dibuja en la casilla correspondiente del mapa los accidentes geográficos o lugares reseñables que hay, tales como bosques, montañas, ciudades, etc.
4. Luego lee la breve narración de lo que te sucede y las instrucciones que debes seguir, entre ellas, las secciones del librojuego que **ahora ya puedes visitar**. Muchas veces se te remitirá a una o varias secciones particulares del librojuego ("Los yermos de Grobes" es el primer librojuego de la serie, aunque no el único pues también están "Amenazas y ponzoñas", "El bastión de la frontera" y "El tesón de los afligidos"), momento en que dejarás este *Libro de exploración"* de lado y pasarás a leer las secciones correspondientes del librojuego en cuestión, siguiendo allí las instrucciones dadas y hasta que llegues a una sección del propio librojuego donde se te indique *"Sigue explorando el mapa".* Cuando esto último ocurra, regresa al mapa de hexágonos para seguir explorándolo.

Nota: Puedes volver a visitar una casilla en *"ESTADO 3 - Casilla totalmente explorada"* las veces que desees. Pero recuerda que, como siempre, debe ser adyacente a tu ubicación actual y que, cada vez que lo hagas, deberás gastar los ***"Puntos de Movimiento"*** pertinentes y anotarlos en tu ficha, así como leer las secciones del librojuego a las que te mande.

***

Muy bien, esto es todo en cuanto a las reglas de exploración del MAPA HEXAGONAL. Un mapa que puedes descargar e imprimir en la página web **cronicasdeterragom.com** o fotocopiar el que encontrarás al final de este mismo "Libro de exploración". Aquí tienes una miniatura del mismo:

Para acabar, solo unos apuntes finales...

Recuerda tus objetivos fundamentales:

1. Encontrar un emplazamiento desde el que poder enviar la carta de aviso anticipado de vuestra llegada al Lord de Gomia (el padre de Wolmar), vía pájaro mensajero a ser posible. Este objetivo es primordial e impedirá, en algunos puntos del librojuego, que sigas avanzando si no lo has cumplido.
2. Averiguar cuantos más rumores posibles en territorio enemigo aquilano con tal de ganar ventaja en esta guerra. Para ello, lo recomendable es que explores bien la mayor parte del terreno a tu alrededor, en lugar de trazar un camino recto. Esto te permitirá recabar la mayor información posible. En algunos puntos, si no has recabado suficientes rumores, no podrás seguir avanzando, así que tómate muy en serio este consejo.
3. Alcanzar la tierra de Wolmar, el país de Gomia, donde poder detallar a su padre, el Lord, todo lo sucedido y demostrar que su hijo no ha sido asesinado, como todo el mundo creía hasta el momento.

Ten presente también las condiciones que te llevarán al fracaso:

1. No conseguir los 3 objetivos anteriores antes de un tiempo determinado que, de momento, desconoces. Compagina bien, por tanto, los periodos necesarios de descanso, restablecimiento de heridas y aprovisionamiento de recursos para el grupo, con el tiempo en el que estáis en marcha hacia vuestros objetivos.
2. Que Wolmar fallezca y no puedas evitarlo empleando 1 Punto de ThsuS.

3. Si ya no te quedan PNJs acompañantes (porque los hayas perdido en combates o por cualquier otra causa) y el texto más adelante en la aventura te indique que debes perder a uno o más de ellos. En conclusión, cuida bien de tus acompañantes en el combate y en todas tus decisiones, porque tu victoria depende también de ellos. A efectos de perder PNJs cuando el texto lo indique, ten presente que nunca Gruff, Wolmar, Viejo Bill o Zorro pueden ser considerados.

4. Que agotes todos tus Puntos de ThsuS y necesites echar mano de ellos para seguir adelante en tu aventura.

El futuro de Térragom, en parte, dependerá de tus decisiones y de la estrategia que tomes. Prepárate para lo que te espera e *inicia tu exploración del mapa hexagonal con este "Libro de exploración".* **Recuerda que tu posición inicial en el mapa es la del hexágono hex242.**

Códigos de localización para explorar el mapa hexagonal

Código de localización: hex2

Puntos de Movimiento: 2.

La llanura esteparia es desesperante en su inmensidad y falta de recursos. En este suelo grisáceo e infértil, solo osan resistir matojos pardos, arremolinados entre sí, a la espera del duro e inminente invierno. La monotonía y hostilidad del frío paisaje puede socavar hasta la mente más trabajada. Ninguna protección o refugio se muestran a la vista. ¿Quién querría adentrarse en un territorio así? Ve a la SECCIÓN 66 del librojuego "Los yermos de Grobes".

Cuando el texto del librojuego así te lo indique, puedes seguir explorando el mapa.

Código de localización: hex4

Puntos de Movimiento: 2

Un pedregal de tonos grisáceos acapara casi toda esta zona. La aridez del llano es extrema. Solo algunos matojos resecos hacen acto de presencia de vez en cuando. El viento frío erosiona las piedras y emite sonidos inquietantes al atravesar las oquedades. La hostilidad del yermo es capaz de amedrentar al más pintado. Ve a la SECCIÓN 773 del librojuego "Los yermos de Grobes".

Cuando el texto del librojuego así te lo indique, puedes seguir explorando el mapa.

Código de localización: hex6

Puntos de Movimiento: 2

El terreno está salpicado de piedras sueltas y secos matojos que sobreviven al inclemente tiempo. Cualquier ruta para el tráfico de carruajes queda lejos de este punto tan perdido, aunque es evidente que el enemigo no ha descartado tener presencia en la zona. Se aprecian abundantes rastros de pisadas de botas y cascos de caballo, signo inequívoco de que debe tratarse de una zona cercana a algún paso estratégico. Por aquí circulan bastantes enemigos, no cabe la menor duda. <u>Ve a la SECCIÓN 511 del librojuego "Los yermos de Grobes"</u>.

Cuando el texto del librojuego así te lo indique, puedes seguir explorando el mapa.

Código de localización: hex8

Puntos de Movimiento: 2

Nada sobresale en este lugar desolado, salvo una pequeña arboleda al nordeste y unos montes pardos al sudeste. Por lo demás, el llano reseco impera.

- Si no tienes la pista FFLB, consideras que no es el momento de avanzar en esta dirección. <u>OBLIGATORIAMENTE vuelve a la casilla del mapa en la que estuviera el grupo antes de venir aquí</u>.
- Si ya tienes la pista FFLB, <u>ve a la SECCIÓN 1671 del librojuego "El bastión de la frontera"</u>.

Cuando el texto del librojuego así te lo indique, puedes seguir explorando el mapa.

Código de localización: hex10

Puntos de Movimiento: 2

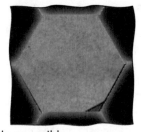

Al sudeste de esta franja de yermo plano se alzan unas elevaciones de considerable magnitud pero perfectamente accesibles. Nada más destaca en este paisaje desolador en el que todo es posible.

- Si no tienes la pista FFLB, consideras que no es el momento de avanzar en esta dirección. OBLIGATORIAMENTE vuelve a la casilla en la que estuviera el grupo antes de venir aquí.
- Si ya tienes la pista FFLB, ve a la SECCIÓN 1400 del librojuego "El bastión de la frontera".

Cuando el texto del librojuego así te lo indique, puedes seguir explorando el mapa.

Código de localización: hex12

Puntos de Movimiento: 2

Al norte de esta posición hay un pequeño poblado, mientras que al sur se extiende el yermo hasta que unas elevaciones pasan a dominar el paisaje. Esta tierra tan cercana a la frontera entre Hermia y Gomia es muy propicia para los batidores de ambos bandos en misiones de espionaje.

- Si no tienes la pista FFLB, consideras que no es el momento de avanzar en esta dirección. OBLIGATORIAMENTE vuelve a la casilla del mapa en la que estuviera el grupo antes de ir aquí.
- Si ya tienes la pista FFLB, ve a la SECCIÓN 1548 del librojuego "El bastión de la frontera".

Cuando el texto del librojuego así te lo indique, puedes seguir explorando el mapa.

Código de localización: hex14

Puntos de Movimiento: 3

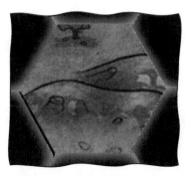

Unas elevaciones achaparradas desde las que se pueden obtener unas buenas vistas de la llanura y, por tanto, un lugar donde planificar los próximos pasos a seguir. Aunque quizás otros hayan pensado lo mismo...

- Si ya tienes la pista FFLB, no tienes nada más que hacer aquí. Sigue explorando el mapa (puedes ir en cualquier dirección salvo hacia el norte y nordeste, es decir, salvo hacia las casillas situadas arriba y arriba a la izquierda).

- Si no tienes esa pista, ve a la SECCIÓN 966 del librojuego "Amenazas y ponzoñas".

Cuando el texto del librojuego así te lo indique, puedes seguir explorando el mapa.

Código de localización: hex16

Puntos de Movimiento: 1

Una posada domina un cruce de caminos muy vigilado por tropas enemigas. Se trata de un enclave estratégico, puesto que al norte se encuentra la entrada a la ciudad de Héreclum, al oeste la carretera que conecta este lugar con el resto de urbes de Hermia y, por último, al sureste, la calzada que se dirige hacia territorio del bando contrario en esta guerra. En concreto, hacia Gomia, el país de Wolmar.

- Si ya tienes la pista FFLB, no tienes nada más que hacer aquí. <u>Sigue explorando el mapa (puedes ir en cualquier dirección salvo hacia el norte, nordeste y sudoeste, es decir, salvo hacia las casillas situadas arriba, arriba a la izquierda y abajo a la izquierda).</u>
- Si no tienes esa pista, <u>ve a la SECCIÓN 1091 del librojuego "Amenazas y ponzoñas".</u>

Cuando el texto del librojuego así te lo indique, puedes seguir explorando el mapa.

Código de localización: hex18

Puntos de Movimiento: 2

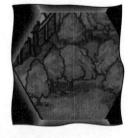

Un bosque no muy denso domina la zona.
- Si no tienes la pista FFLB, consideras que no es el momento de avanzar en esta dirección. <u>OBLIGATORIAMENTE vuelve a la casilla del mapa en la que estuviera el grupo antes de venir aquí.</u>
- Si ya tienes la pista FFLB, <u>ve a la SECCIÓN 1540 del librojuego "El bastión de la frontera".</u>

Cuando el texto del librojuego así te lo indique, puedes seguir explorando el mapa

Código de localización: hex20

Puntos de Movimiento: 2

Un campamento enemigo se extiende en esta zona.

- Si no tienes la pista FFLB, consideras que no es el momento de avanzar en esta dirección. OBLIGATORIAMENTE vuelve a la casilla del mapa en la que estuviera el grupo antes de venir aquí.

- Si ya tienes la pista FFLB, ve a la SECCIÓN 1435 del librojuego "El bastión de la frontera".

Cuando el texto del librojuego así te lo indique, puedes seguir explorando el mapa.

Código de localización: hex22

Puntos de Movimiento: 2

Esta tierra es zona de nadie. Se trata de una estrecha marca entre los países de Hermia y Gomia enfrentados en guerra. Las elevaciones que se aprecian más al sur señalan la frontera del país de Wolmar, mientras que las colinas del norte son controladas por los enemigos aquilanos. En un lugar como éste nunca se sabe qué puede ocurrir...

- Si no tienes la pista FFLB, consideras que no es el momento de avanzar en esta dirección. OBLIGATORIAMENTE vuelve a la casilla del mapa en la que estuviera el grupo antes de ir aquí.

- Si ya tienes la pista FFLB, ve a la SECCIÓN 1534 del librojuego "El bastión de la frontera".

Cuando el texto del librojuego así te lo indique, puedes seguir explorando el mapa.

Código de localización: hex24

Puntos de Movimiento: 2

Esta zona llana y estéril parece especialmente desprotegida tanto del frío como el viento, así como de ojos enemigos que pudieran estar acechantes...

- Si no tienes la pista FFLB, consideras que no es el momento de avanzar en esta dirección. OBLIGATORIAMENTE vuelve a la casilla del mapa en la que estuviera el grupo antes de venir aquí.
- Si ya tienes la pista FFLB, ve a la SECCIÓN 1434 del librojuego "El bastión de la frontera".

Cuando el texto del librojuego así te lo indique, puedes seguir explorando el mapa.

Código de localización: hex26

Puntos de Movimiento: 3

Este paraje tiene una orografía empinada y repleta de terraplenes y barrancos que desembocan en unas colinas de elevación considerable.
Ve a la SECCIÓN 1627 del librojuego "El bastión de la frontera".

Cuando el texto del librojuego así te lo indique, puedes seguir explorando el mapa.

Código de localización: hex28

Puntos de Movimiento: 3

A lo largo de la ladera de estos montes, son evidentes los restos de una reciente batalla entre hermios y gomios. No son pocos los cadáveres de uno y otro bando que aguardan a ser devorados por las alimañas. Hacia el cielo aún se elevan algunas humaredas provenientes de las piras de fallecidos que han tenido la fortuna de recibir un funeral más digno.
Ve a la SECCIÓN 1340 del librojuego "El bastión de la frontera".

Cuando el texto del librojuego así te lo indique, puedes seguir explorando el mapa.

Código de localización: hex30

Puntos de Movimiento: 2

Un ancho desfiladero transcurre entre dos grupos montañosos que, antes de la guerra, delimitaban viejas fronteras entre los países ahora en conflicto. Es un lugar de especial relevancia estratégica que permite el paso de tropas occidentales provenientes de Grobes. Unas huestes que encuentran aquí el lugar ideal para seguir su avance hacia el este a costa de tirranos y gomios. Se aprecia constante actividad enemiga en la zona con idas y venidas de mensajeros, grupos de soldados de diferentes tamaños y partidas de suministros con bueyes y mulos bien cargados.

Ve a la SECCIÓN 1398 del librojuego "El bastión de la frontera".

Cuando el texto del librojuego así te lo indique, puedes seguir explorando el mapa.

Código de localización: hex32

Puntos de Movimiento: 2

Los Montes Dörgion dominan la franja sudeste de esta zona, mientras que el llano pardo se extiende al noroeste. Todas las alarmas se disparan al comprobar que el ejército grobano tiene aquí una fuerte presencia. Los soldados enemigos controlan, desde este punto, el ancho desfiladero existente al noreste, la mejor ruta (tras el Camino del Paso) para atravesar las montañas y avanzar hacia oriente. Es una tarea casi imposible que vuestro grupo se adentre sin ser descubierto en esta zona tan vigilada. No obstante, tuya es la última palabra... Ve a la SECCIÓN 531 del librojuego "Los yermos de Grobes".

Cuando el texto del librojuego así te lo indique, puedes seguir explorando el mapa.

Código de localización: hex34

Puntos de Movimiento: 2

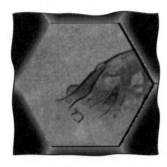

En el punto donde el llano finaliza para dar paso a los primeros desniveles, hay una empalizada destruida. Sus defensores, antes de sucumbir, peleaban por tu país, Tirrana. Restos de gallardetes y estandartes hechos jirones, así como tiendas de campaña destrozadas, lo atestiguan. Dos grandes fogatas dejaron de arder no hace tanto tiempo, quedando ahora solo cenizas negras arrastradas por el gélido viento. Es preferible no pensar qué se prendió fuego en esas grandes piras. Ve a la SECCIÓN 675 del librojuego "Los yermos de Grobes".

Cuando el texto del librojuego así te lo indique, puedes seguir explorando el mapa.

Código de localización: hex36

Puntos de Movimiento: 1

Al parecer, en este punto del Camino del Paso, fue donde Wolmar y sus hombres fueron asaltados por los mercenarios que simulaban ser soldados de Tirrana. Un asalto que llevó a todo el mundo a pensar que Wolmar había caído muerto justo cuando éste venía al oeste en ayuda de sus aliados tirranos, que comenzaban ya a pasar dificultades en el frente de Grobes. Aparte de los autores intelectuales y materiales de tal conspiración, solo tu grupo de acompañantes y tú sabéis que todo ha sido una farsa perpetrada para enemistar a Tirrana y Gomia, ahora en guerra abierta. Vuestra misión es parar este conflicto interno que da ventaja en la Guerra Mayor a los enemigos aquilanos frente a los países que apoyan a vuestro Emperador Wexes.

El yermo de matojos amarillentos y piedras grises domina la vista. Solo al sur se vislumbra el muro verde del bosque. El frío se cuela entre los ropajes provocando escalofríos. Ve a la SECCIÓN 398 del librojuego "Los yermos de Grobes".

Cuando el texto del librojuego así te lo indique, puedes seguir explorando el mapa.

Código de localización: hex38

Puntos de Movimiento: 2

En este lugar se encuentra la estratégica intersección entre el Camino del Paso, que conecta el este con el oeste de la vasta Región

de Domos, y el Camino del Sur, que busca el mar de Juva pasando por la población de Sekelberg y la capital de tu país, Tirrus. Dominando el cruce de caminos, hay una posada fortificada que parece conservar cierta independencia de aquilanos y wexianos. Un pequeño reducto independiente en estas tierras en guerra y quizás un buen lugar para encontrar descanso. Ve a la SECCIÓN 229 del librojuego "Los yermos de Grobes".

Cuando el texto del librojuego así te lo indique, puedes seguir explorando el mapa.

Código de localización: hex40

Puntos de Movimiento: 1

El ir y venir de tropas grobanas es más que evidente en este tramo del Camino del Paso. Por tanto, es muy probable un encuentro con ellas en caso de decidir avanzar por la llanura parda que bordea dicho camino. Sin embargo, al sur, el bosque de Táblarom puede daros cierto cobijo.
<u>Ve a la SECCIÓN 291 del librojuego "Los yermos de Grobes"</u>.

Cuando el texto del librojuego así te lo indique, puedes seguir explorando el mapa.

Código de localización: hex42

Puntos de Movimiento: 2

Escondidas entre el mar de árboles y floresta, hay unas ruinas olvidadas. A saber qué fue ese lugar en tiempos remotos...
<u>Ve a la SECCIÓN 403 del librojuego "Los yermos de Grobes"</u>.

Cuando el texto del librojuego así te lo indique, puedes seguir explorando el mapa.

Código de localización: hex44

Puntos de Movimiento: 3

El bosque es especialmente denso aquí. La abundante vegetación y los constantes recodos y desniveles del terreno, obligan a reorientarse todo el tiempo. Los puntos de referencia son escasos y la maleza es tan espesa que no se puede ver más allá de unas pocas decenas de pasos.

Ve a la SECCIÓN 440 del librojuego "Los yermos de Grobes".

Cuando el texto del librojuego así te lo indique, puedes seguir explorando el mapa.

Código de localización: hex46

Puntos de Movimiento: si lanzas 2D6 y sumas tu Destreza y obtienes un resultado de 7 o más, gastas 2 Ptos. de Movimiento; en caso contrario, gastas 3 Ptos. de Movimiento.

Trazas de humo y ceniza viajan en el aire de esta zona. La densidad de la arboleda aumenta conforme se avanza al sur. El suelo es algo más blando de lo normal y en él se aprecian huellas de botas.

Ve a la SECCIÓN 121 del librojuego "Los yermos de Grobes".

Cuando el texto del librojuego así te lo indique, puedes seguir explorando el mapa.

Código de localización: hex50

Puntos de Movimiento: si lanzas 2D6 y sumas tu Destreza y obtienes un resultado de 8 o más, gastas 1 Pto. de Movimiento; en caso contrario, gastas 2 Ptos. de Movimiento.

Un silencio tenso se ha apoderado de este lugar. Un lugar que se ha convertido en tierra de nadie. Ningún soldado, sea wexiano o aquilano, osa mostrarse al descubierto aquí. Es evidente que esta zona marca algún límite o frontera temporal en este conflicto a gran escala que está asolando el Imperio. Al sur hay una empalizada defensiva levantada seguramente por el ejército de Tirrana para proteger el camino que lleva a Sekelberg y, más allá de esta localidad, a su propia capital Tirrus. El camino se extiende de norte a sur y el bosque de Táblarom se abre para dar paso al yermo que arranca en la franja septentrional de esta tierra ahora desolada...

--- NOTA DE JUEGO: si vienes del sur o del sureste, no puedes entrar en esta zona, dado que la empalizada de pinos te lo impide (tendrás que dar un rodeo y entrar desde cualquier otra casilla hexagonal que no sea la ubicada abajo o abajo a la derecha de esta casilla). <u>Ve a la SECCIÓN 676 del librojuego "Los yermos de Grobes"</u>.

Cuando el texto del librojuego así te lo indique, puedes seguir explorando el mapa.

Código de localización: hex52

Puntos de Movimiento: 2

En la franja oeste de esta zona, el bosque se vuelve progresivamente de una densidad tal que el avance no resulta sencillo. Sin embargo, en el este, la arboleda está

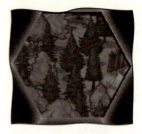

cada vez más espaciada y se detectan signos de árboles talados, rastros de pisadas de botas y actividad humana. Ve a la SECCIÓN 571 del librojuego "Los yermos de Grobes".

Cuando el texto del librojuego así te lo indique, puedes seguir explorando el mapa.

Código de localización: hex54

Puntos de Movimiento: si lanzas 2D6 y sumas tu Destreza y obtienes un resultado de 7 o más, gastas 2 Ptos. de Movimiento; en caso contrario, gastas 3 Ptos. de Movimiento.

Esta zona del bosque posee un relieve ondulante. Pequeños montículos de pendiente suave, todos ellos cubiertos de densa maleza y árboles, se extienden a lo largo de varias leguas. Es un terreno rompe piernas, con continuas subidas y bajadas, donde varios riachuelos permiten reponer las cantimploras antes de continuar la marcha, aunque también pueden atraer a otros con las mismas necesidades de hidratarse. En un terreno así, todo es posible. Ve a la SECCIÓN 701 del librojuego "Los yermos de Grobes".

Cuando el texto del librojuego así te lo indique, puedes seguir explorando el mapa.

Código de localización: hex56

Puntos de Movimiento: 2

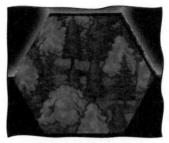

Distintas especies de árboles
se entremezclan en un
mosaico de tonos amarillos
y verdes. Quizás alguno de
ellos albergue frutas que
llevarse a la boca. Por su
parte, el suelo del bosque es
una alfombra de vegetales de todo tipo, una riqueza natural
que puede esconder alguna planta interesante...
Ve a la SECCIÓN 358 del librojuego "Los yermos de Grobes".

Cuando el texto del librojuego así te lo indique, puedes
seguir explorando el mapa.

Código de localización: hex62

Puntos de Movimiento: 2

El frío de las últimas
agonías del otoño barre el
llano estéril y pardo que
se abre en la franja norte
de este territorio. Al sur, el
bosque trata de
prepararse para las
inclemencias del inminente
invierno. El paraje parece desolado, aunque nunca se sabe...
Ve a la SECCIÓN 281 del librojuego "Los yermos de Grobes".

Cuando el texto del librojuego así te lo indique, puedes
seguir explorando el mapa.

Código de localización: hex64

Puntos de Movimiento: 2

El bosque y el yermo se abrazan en esta zona de contrastes. Un llano estéril aguarda al norte, mientras que el sur es un mar de pinos juvianos.

Ve a la SECCIÓN 41 del librojuego "Los yermos de Grobes".

Cuando el texto del librojuego así te lo indique, puedes seguir explorando el mapa.

Código de localización: hex66

Puntos de Movimiento: 2

Un campamento enemigo se extiende a ambos lados del Camino del Paso, sobre todo al noreste, donde se ven decenas de tiendas de campaña. En todas ellas

ondean pendones grobanos, los nuevos amos de estas tierras arrebatadas a tu patria. Debe de haber más de trescientos efectivos asentados en este emplazamiento estratégico. Un pequeño pueblo de soldados, pero también de operarios, sirvientes, artesanos, rufianes y prostitutas.

Ve a la SECCIÓN 741 del librojuego "Los yermos de Grobes".

Cuando el texto del librojuego así te lo indique, puedes seguir explorando el mapa.

Código de localización: hex68

Puntos de Movimiento: 2

Los restos de un campamento que ya no existe son evidentes aquí. Cosas rotas, huellas de múltiples pisadas, escoria diversa y varias banderas tirranas hechas jirones, son sus últimos vestigios. Hay también algunas piras consumidas por el fuego. Solo quedan cenizas en todas ellas, aunque en alguna aún se aprecian hilos de humo. Es preferible no pensar en qué pudo ser arrojado a esas enormes fogatas. Por muy inquietante que resulte lo anterior, no es lo más destacable de esta zona. Un nuevo campamento protagoniza y acapara el lugar. Decenas de tiendas de campaña, seguramente muy parecidas a las tirranas hechas ceniza, dominan la vista. En todas ellas ondean pendones grobanos, los nuevos amos de estas tierras arrebatadas a tu patria. Debe de haber más de trescientos efectivos asentados en este emplazamiento estratégico que domina el Camino del Paso. Un pequeño pueblo de soldados, pero también de operarios, sirvientes, artesanos, rufianes y prostitutas. Verlos merodear recuerda a las hormigas en un hormiguero.
Ve a la SECCIÓN 375 del librojuego "Los yermos de Grobes".

Cuando el texto del librojuego así te lo indique, puedes seguir explorando el mapa.

Código de localización: hex70

Puntos de Movimiento: 2

El implacable yermo da una tregua en la parte norte de esta zona, donde un bosquecillo osa resistir al frío y la sequedad de estas tierras. Son árboles de hoja caduca, desplumados por el azote de los vientos de la llanura en estos días que preceden al invierno. Al noreste se aprecia una colina que rompe el llano y desde la que pueden tenerse buenas vistas.

Ve a la SECCIÓN 25 del librojuego "Los yermos de Grobes".

Cuando el texto del librojuego así te lo indique, puedes seguir explorando el mapa.

Código de localización: hex72

Puntos de Movimiento: 3

Una suave colina se alza por encima del yermo llano. A pesar de no tener una elevación considerable, sí es la suficiente para poder otear la extensa planicie. Desde ahí se puede tener una panorámica que ayude a decidir los siguientes pasos, aunque también es verdad que se trata de un punto de referencia notable en la monotonía de la vasta llanura, por lo que no es descartable toparte con alguien...

Ve a la SECCIÓN 392 del librojuego "Los yermos de Grobes".

Cuando el texto del librojuego así te lo indique, puedes seguir explorando el mapa.

Código de localización: hex74

Puntos de Movimiento: 2

Si no deseas encuentros con el enemigo, lo mejor es evitar este lugar. No es uno, sino dos, los ejércitos que acampan en el llano frío y pardo. El emblema de una roca monolítica bañada por roja sangre luce en los gallardetes que ondean en el campamento sur, lo que delata que es propiedad de los grobanos. Un par de centenares de metros separan el anterior emplazamiento del punto donde se asientan las tropas del país de Hermia, situadas al norte. En este caso, el emblema de los pendones hermios muestran largas lanzas rematadas por coronas de ramas de cedro. Con amargura, asumes que este es un territorio vetado para vosotros. Los dos países aquilanos parecen tener aquí sus respectivas fronteras interiores.

Ve a la SECCIÓN 699 del librojuego "Los yermos de Grobes".

Cuando el texto del librojuego así te lo indique, puedes seguir explorando el mapa.

Código de localización: hex76

Puntos de Movimiento: 2

Un solitario edificio sin muros que lo defiendan se alza al pie de una suave colina. El extraño lugar está en mitad de la nada. Ve a la SECCIÓN 910 del librojuego "Amenazas y ponzoñas".

Cuando el texto del librojuego así te lo indique, puedes seguir explorando el mapa.

Código de localización: hex78

Puntos de Movimiento: 2

Un nutrido grupo de buitres carroñeros está dándose un buen festín a cuenta de los cadáveres de los caídos en combate en esta zona donde, sin lugar a dudas, no hace mucho ha habido una cruenta lucha. La visión de la escena pone los vellos de punta, mientras que su olor es mejor no describirlo.

Ve a la SECCIÓN 781 del librojuego "Amenazas y ponzoñas".

Cuando el texto del librojuego así te lo indique, puedes seguir explorando el mapa.

Código de localización: hex80

Puntos de Movimiento: 2

Una solitaria atalaya se alza en mitad del yermo. La construcción está prácticamente en ruinas.

Ve a la SECCIÓN 1242 del librojuego "Amenazas y ponzoñas".

Cuando el texto del librojuego así te lo indique, puedes seguir explorando el mapa.

Código de localización: hex82

Puntos de Movimiento: 2

Al sur de la carretera, en una zona de suelo más fértil donde incluso algunos árboles sobreviven, hay un humilde asentamiento. Sería difícil catalogarlo como pueblo, aunque es algo mayor que una aldea. Aun desde la distancia, son apreciables los estragos causados por la guerra, tanto en sus casas como en sus gentes.

Ve a la SECCIÓN 1114 del librojuego "Amenazas y ponzoñas".

Cuando el texto del librojuego así te lo indique, puedes seguir explorando el mapa.

Código de localización: hex84

Puntos de Movimiento: 2

Un pequeño bosque se extiende hasta los altos muros de una ciudad. También hay una carretera que cruza el llano de este a oeste, al lado de la cual existe un campamento militar con numerosas tropas enemigas.

Ve a la SECCIÓN 786 del librojuego "Amenazas y ponzoñas".

Cuando el texto del librojuego así te lo indique, puedes seguir explorando el mapa.

Código de localización: hex86

Puntos de Movimiento: 1

La ciudad de Héreclum se extiende tras los imponentes muros que la defienden del enemigo. Una urbe fronteriza en plena guerra no es un lugar para el esparcimiento y la calma. Pero quizás vuestros pasos deban llevaros a ella...

Ve a la SECCIÓN 824 del librojuego "Amenazas y ponzoñas".

Cuando el texto del librojuego así te lo indique, puedes seguir explorando el mapa.

Código de localización: hex88

Puntos de Movimiento: 4

En esta zona se alzan unas elevaciones infranqueables. No tenía ningún sentido adentrarse en ellas y luchar contra fuerzas contra las que nada podéis hacer. No tienes más remedio que acallar tu orgullo y aceptar la derrota. La única opción es dar marcha atrás y buscar otra ruta.

OBLIGATORIAMENTE vuelve a la casilla del mapa en la que estuviera el grupo antes de venir aquí.

Cuando el texto del librojuego así te lo indique, puedes seguir explorando el mapa.

Código de localización: hex90

Puntos de Movimiento: si lanzas 2D6 y sumas tu Destreza y obtienes un resultado de 7 o más, gastas 1 Pto. de Movimiento; en caso contrario, gastas 2 Ptos. de Movimiento.

Tanto al sur como al noroeste, se observan colinas que rompen con la dura monotonía del llano reseco. Por lo demás, no hay nada que destacar aquí. El frío y la hostilidad del yermo imperan, minando las fuerzas de quienes osen aventurarse en este lugar.

Ve a la SECCIÓN 532 del librojuego "Los yermos de Grobes".

Cuando el texto del librojuego así te lo indique, puedes seguir explorando el mapa.

Código de localización: hex92

Puntos de Movimiento: 2

Este es uno de los puntos de la frontera entre Grobes y Hermia más desprotegidos por la orografía, lo que se sustituye con la presencia de un contingente de tropas acampadas en el llano.

Ve a la SECCIÓN 1174 del librojuego "Amenazas y ponzoñas".

Cuando el texto del librojuego así te lo indique, puedes seguir explorando el mapa.

Código de localización: hex94

Puntos de Movimiento: si lanzas 2D6 y sumas tu Destreza y obtienes un resultado de 8 o más, gastas 2 Ptos. de Movimiento; en caso contrario, gastas 3 Ptos. de Movimiento.

Un bosquecillo poco denso de coníferas se atreve a sobrevivir en mitad del estéril yermo carente de arboledas. Solo al penetrar en él podrás saber si ofrece refugio o alberga peligros.
Ve a la SECCIÓN 1159 del librojuego "Amenazas y ponzoñas".

Cuando el texto del librojuego así te lo indique, puedes seguir explorando el mapa.

Código de localización: hex96

Puntos de Movimiento: 2

Paraje desolado donde los haya es este maldito yermo. Solo al sudoeste se atisba algo de floresta. El frío se cala en los huesos de aquel que penetre en un lugar como éste, donde puede ocurrir cualquier cosa.
Ve a la SECCIÓN 1324 del librojuego "Amenazas y ponzoñas".

Cuando el texto del librojuego así te lo indique, puedes seguir explorando el mapa.

Código de localización: hex98

Puntos de Movimiento: 2

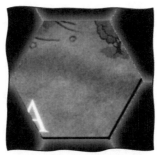

El camino que surca el llano está bastante transitado en esta zona. No resulta extraño toparse con partidas de civiles que marchan en grupos más o menos amplios, desde familias de tres o cuatro miembros hasta cuadrillas que pueden alcanzar la treintena o más de caminantes.

Ve a la SECCIÓN 1196 del librojuego "Amenazas y ponzoñas".

Cuando el texto del librojuego así te lo indique, puedes seguir explorando el mapa.

Código de localización: hex100

Puntos de Movimiento: 2

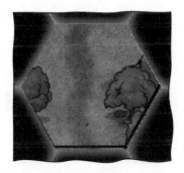

Grupos de árboles salpican un llano donde la maleza tiene un aspecto más saludable que el de esos matorrales leñosos que malvivían en el páramo. El suelo es más fértil conforme se avanza hacia el este y nordeste de esta zona, signo inequívoco de un clima más benévolo y lluvioso. Pequeñas arboledas flanquean una carretera que transcurre de norte a sur y que comunica la ciudad de Héreclum, a poca distancia al sudeste, con los feudos agrícolas y la capital de Hermia, Pilfalas, al norte.

Ve a la SECCIÓN 846 del librojuego "Los yermos de Grobes".

Cuando el texto del librojuego así te lo indique, puedes seguir explorando el mapa.

Código de localización: hex102

Puntos de Movimiento: 3

Penetrar en las elevaciones escarpadas no está al alcance de vuestro grupo. Sin embargo, quizás encontréis alguna ruta en las faldas de las montañas que os permita continuar vuestro avance...
Ve a la SECCIÓN 1163 del librojuego "Amenazas y ponzoñas".

Cuando el texto del librojuego así te lo indique, puedes seguir explorando el mapa.

Código de localización: hex104

Puntos de Movimiento: 2

Unos acantilados de altura imponente son la frontera natural entre el bravío mar norteño y la tierra sinuosa gobernada por altas montañas que hay al sur. Algunas granjas dispersas, cada vez más escasas a medida que se avanza hacia el este, resultan ser los únicos signos de civilización en esta zona perdida, aunque evocadora, por su impresionante paisaje conformado por esa enorme alfombra líquida vigilada por los gigantes de piedra. ¿Por qué deberías adentrarte en este territorio tan alejado de todo? Es una pregunta para la que solo tú puedes tener respuesta...
Ve a la SECCIÓN 1194 del librojuego "Amenazas y ponzoñas".

Cuando el texto del librojuego así te lo indique, puedes seguir explorando el mapa.

Código de localización: hex108

Puntos de Movimiento: 2

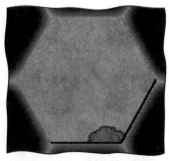

La llanura estéril desemboca, al norte, en unos montes de aspecto siniestro.
- Si NO tienes la pista XLDO, convienes con Wolmar que vuestros pasos deben llevaros al noroeste. Sigue explorando el mapa, pero ten presente que debes ir OBLIGATORIAMENTE hacia la casilla situada arriba a la izquierda de la que te encuentras actualmente.

- Si ya tienes la pista XLDO, consideráis que lo mejor es volver sobre vuestros pasos. Sigue explorando el mapa, pero ten presente que tendrás que regresar a la casilla en la que estabas antes de venir aquí.

Código de localización: hex110

Puntos de Movimiento: si lanzas 2D6 y sumas tu Destreza y obtienes un resultado de 7 o más, gastas 1 Pto. de Movimiento; en caso contrario, gastas 2 Ptos. de Movimiento.

Los matojos resecos que sobreviven en el yermo aún tienen más difícil su supervivencia en esta zona, donde el suelo es especialmente pedregoso y duro. Tanto al este como al oeste, se divisan elevaciones del terreno que rompen con la insana monotonía de la llanura parda.
Ve a la SECCIÓN 348 del librojuego "Los yermos de Grobes".

Cuando el texto del librojuego así te lo indique, puedes seguir explorando el mapa.

Código de localización: hex112

Puntos de Movimiento: 2

Solo unos pocos árboles aguerridos sobreviven en este punto de la infértil estepa. En un territorio como éste todo es posible.

Algo te dice que lo que aquí ocurra estará sujeto a los caprichos de la fortuna...

Ve a la SECCIÓN 348 del librojuego "Los yermos de Grobes".

Cuando el texto del librojuego así te lo indique, puedes seguir explorando el mapa.

Código de localización: hex114

Puntos de Movimiento: 1

Aquí está la encrucijada entre el Camino del Paso, que continúa hacia el suroeste hasta la lejana Cordillera Midênmir, y el Camino del Norte, la vía que conduce a las tierras septentrionales alcanzando incluso Safia y la norteña península de Novakia, territorios ajenos al Imperio. Cerca del cruce, hay un monolito de piedra que indica la existencia de la ciudad grobana de Gríes, a menos de un día de marcha al noroeste.

Ve a la SECCIÓN 561 del librojuego "Los yermos de Grobes".

Cuando el texto del librojuego así te lo indique, puedes seguir explorando el mapa.

Código de localización: hex116

Puntos de Movimiento: 1

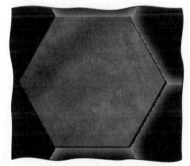

El yermo pardo domina esta zona desprotegida en cuyo noroeste se encuentra el Camino del Paso. Se aprecia actividad enemiga proveniente del oeste. Cada poco, alguna caravana con soldados y recursos materiales avanza hacia el noreste siguiendo el curso del mencionado camino.

Ve a la SECCIÓN 338 del librojuego "Los yermos de Grobes".

Cuando el texto del librojuego así te lo indique, puedes seguir explorando el mapa.

Código de localización: hex122

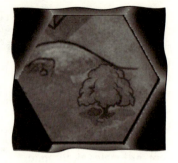

*Puntos de Movimiento:
si lanzas 2D6 y sumas tu
Destreza y obtienes un
resultado de 6 o más,
gastas 2 Ptos. de
Movimiento; en caso
contrario, gastas 3 Ptos.
de Movimiento.*

Desde lo más alto del cerro, hay una inmejorable vista del ancho valle que se extiende hacia el norte. En él se asientan unas pocas aldeas rodeadas por granjas y terrenos cultivados. Son puebluchos satélites de la ciudad de Gríes, cuyos intimidantes muros se alzan aún más al norte. También desde esta privilegiada posición, si se mira hacia el sur, se alcanza a ver el Camino del Paso y, más allá de él, la yerma llanura y, finalmente, el lejano bosque de Táblarom.
Ve a la SECCIÓN 308 del librojuego "Los yermos de Grobes".

Cuando el texto del librojuego así te lo indique, puedes seguir explorando el mapa.

Código de localización: hex124

*Puntos de Movimiento: si
lanzas 2D6 y sumas tu
Destreza y obtienes un
resultado de 9 o más,
gastas 1 Pto. de
Movimiento; en caso
contrario, gastas 2 Ptos.
de Movimiento.*

La ciudad de Gríes se encuentra muy cerca de este lugar. El camino que marcha al norte desemboca en sus mismas puertas. Desde la loma situada al este de esta zona, se aprecian con total claridad las primeras edificaciones extramuros de la urbe grobana, así como un asentamiento militar temporal que ha sido fortificado con gruesos troncos de pino. Si se dirige la vista hacia el sur, la encrucijada con el Camino del Paso es lo más destacado. Pequeños grupos de árboles salpican esta zona con elevado tránsito del enemigo.

Ve a la SECCIÓN 39 del librojuego "Los yermos de Grobes".

Cuando el texto del librojuego así te lo indique, puedes seguir explorando el mapa.

Código de localización: hex126

Puntos de Movimiento: si lanzas 2D6 y sumas tu Destreza y obtienes un resultado de 6 o más, gastas 2 Ptos. de Movimiento; en caso contrario, gastas 3 Ptos. de Movimiento.

La colina arbolada que domina el llano está coronada por una atalaya en la que ondea la bandera de Grobes. Parece difícil avanzar por esta zona sin ser detectados por los centinelas de esta fortificación defensiva y la opción de asaltar la torre de vigilancia sería un suicidio absurdo, dado que, aún lográndolo, mantener su control no sería posible a posteriori. Los grobanos enviarían tropas a reconquistarla, debido a su situación estratégica: desde ella se controla el Camino del Paso al sur, el yermo baldío al norte y al este y finalmente la ciudad de Gríes al oeste. Quizás lo más sensato sería dar un rodeo para evitar que los vigías de la atalaya os descubran y avisen a patrullas montadas para daros alcance. No obstante, tuya es la última palabra...

Ve a la SECCIÓN 655 del librojuego "Los yermos de Grobes".

Cuando el texto del librojuego así te lo indique, puedes seguir explorando el mapa.

Código de localización: hex128

Puntos de Movimiento: 2

La llanura desprotegida se extiende en todas direcciones salvo en el norte, donde se divisa un grotesco bosque en el que todos los árboles parecen muertos, y en el noreste, donde se alzan unas colinas de aspecto perturbador...
Ve a la SECCIÓN 670 del librojuego "Los yermos de Grobes".

Cuando el texto del librojuego así te lo indique, puedes seguir explorando el mapa.

Código de localización: hex130

Puntos de Movimiento: 3

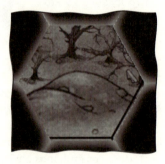

La visión de las colinas siniestras salpicadas de árboles muertos puede amedrentar al aventurero más pintado. Se trata de un lugar que desprende un aura inquietante.
Ve a la SECCIÓN 1055 del librojuego "Amenazas y ponzoñas".

Cuando el texto del librojuego así te lo indique, puedes seguir explorando el mapa.

Código de localización: hex132

Puntos de Movimiento: 2

En un estrecho valle entre las colinas, cerca de un bosque de árboles muertos y retorcidos, se observa un conjunto de casuchas de aspecto lamentable que aún siguen en pie, rodeadas por la inmundicia, la degradación y los edificios en ruinas. Antaño, esto pudo ser un poblado. Ahora solo es un pozo de miseria donde unos pocos desgraciados malviven.
Ve a la SECCIÓN 1084 del librojuego "Amenazas y ponzoñas".

Cuando el texto del librojuego así te lo indique, puedes seguir explorando el mapa.

Código de localización: hex134

Puntos de Movimiento: 2

Un bosque no muy denso se extiende hacia el sureste, mientras que al noreste hay varias elevaciones no muy importantes. El yermo domina en el resto de esta zona donde no se aprecia actividad alguna al estar algo separada de la carretera que transcurre por el norte.
Ve a la SECCIÓN 899 del librojuego "Amenazas y ponzoñas".

Cuando el texto del librojuego así te lo indique, puedes seguir explorando el mapa.

Código de localización: hex136

Puntos de Movimiento: si lanzas 2D6 y sumas tu Destreza y obtienes un resultado de 6 o más, gastas 2 Ptos. de Movimiento; en caso contrario, gastas 3 Ptos. de Movimiento.

La carretera transcurre sinuosa y de forma cada vez más opresiva al reducirse progresivamente el espacio disponible a uno y otro lado de la misma. Es como si las montañas amenazaran con cortar el paso. Es la sensación que tiene todo aquel que se adentra en el estrecho desfiladero...
Ve a la SECCIÓN 1086 del librojuego "Amenazas y ponzoñas".

Cuando el texto del librojuego así te lo indique, puedes seguir explorando el mapa.

Código de localización: hex138

Puntos de Movimiento: 2

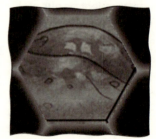

Unas colinas parduzcas dominan esta zona. En ellas medran matorrales resecos apiñados entre sí para sobrevivir al frío invierno. Una carretera transcurre de este a oeste al pie de las mencionadas elevaciones.
Ve a la SECCIÓN 971 del librojuego "Amenazas y ponzoñas".

Cuando el texto del librojuego así te lo indique, puedes seguir explorando el mapa.

Código de localización: hex140

Puntos de Movimiento: 2

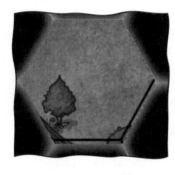

Al sudoeste de esta zona, el yermo desemboca en una pequeña arboleda al pie de unas colinas. Allí se aprecia un destartalado campamento formado por no más de media docena de tiendas.

Ve a la SECCIÓN 885 del librojuego "Amenazas y ponzoñas".

Cuando el texto del librojuego así te lo indique, puedes seguir explorando el mapa.

Código de localización: hex142

Puntos de Movimiento: 2

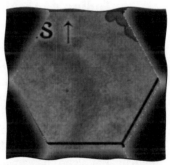

En esta zona, el yermo ha dado paso a un llano de suelo algo más fértil en el que se asientan granjas dispersas, tanto agrícolas como ganaderas. También hay alguna explotación manufacturera que elabora diversos productos llegados de las mencionadas granjas o, incluso, del mar cuyas aguas bañan las costas de estas tierras a poca distancia al nordeste. No son pocas las gentes que habitan este lugar, aunque pudiera parecer lo contrario al encontrarse dispersas y no agrupadas en poblados. Su economía, en definitiva, se basa en el abastecimiento de la cercana ciudad de Héreclum.

Ve a la SECCIÓN 870 del librojuego "Amenazas y ponzoñas".

Cuando el texto del librojuego así te lo indique, puedes seguir explorando el mapa.

Código de localización: hex144

Puntos de Movimiento: 2

Una playa pedregosa bañada por una inmensa masa de agua. La visión del mar es impresionante y abrumadora.

<u>Ve a la SECCIÓN 1160 del librojuego "Amenazas y ponzoñas".</u>

Cuando el texto del librojuego así te lo indique, puedes seguir explorando el mapa.

Código de localización: hex146

Puntos de Movimiento: 2

Un modesto bosque se extiende en esta área. La arboleda, formada por coníferas acostumbradas a ambientes fríos y secos, no es especialmente densa. Pero el suelo está poblado de matorrales, lo que dificulta algo la marcha. Hay signos de actividad humana al noreste. Mientras que, al sureste, el terreno se torna ondulante y destacan varias colinas.

<u>Ve a la SECCIÓN 684 del librojuego "Los yermos de Grobes".</u>

Cuando el texto del librojuego así te lo indique, puedes seguir explorando el mapa.

Código de localización: hex148

Esta casilla hexagonal es especial. Lee con detenimiento el texto siguiente y sigue sus pasos.

Es en este momento cuando Wolmar, haciendo uso de su prudencia, determina que ha llegado la hora de separar al grupo. Para evitar llamar demasiado la atención y teniendo en cuenta que lleváis dos prisioneros con vosotros (Zorro y Viejo Bill), la única opción viable pasa por que solo él y tú os encarguéis de explorar la ciudad de Gríes y sus alrededores. El resto del grupo esperará a vuestro regreso y, solo entonces, retomaréis la marcha juntos hacia otros lugares menos saturados de enemigos. Nadie objeta las palabras del líder Gomio y, tras breves despedidas, Wolmar y tú os alejáis del resto, dispuestos a afrontar vuestro desafío.

Apenas dejáis al grupo atrás, cuando Wolmar se cubre el cuello para ocultar sus delatadores tatuajes. También se ajusta la capa para tapar los emblemas de su uniforme. Se acerca el invierno, por lo que no resulta extraño cubrirse bien para capear el frío, circunstancia que tu compañero aprovecha con astucia, mientras te recuerda los **objetivos fundamentales que os llevan a adentraros en Gríes**:

1) Canjear su carta bancaria en alguna sede financiera de la ciudad con tal de tener los recursos suficientes para continuar con el viaje.

2) Seguir recabando informaciones sobre el enemigo que ayuden a cambiar el curso de esta guerra. Cuantos más rumores acapares mejor, aunque no sabes exactamente cuántos, como mínimo, son suficientes.

3) Encontrar un establecimiento desde el que poder enviar (vía pájaro mensajero) la importante carta de aviso anticipado de vuestra llegada al Lord de Gomia, informándole, además, de que su hijo Wolmar no está muerto como todos creían y que la guerra contra Tirrana está fundamentada en una farsa, ya que los tirranos no son los responsables de su intento de asesinato, como pueden atestiguar los dos presos que lleváis con vosotros durante todo el camino.

Cumplir estos objetivos es imprescindible para acometer la fase final de vuestra misión: viajar hasta Gomia para informar personalmente de todo y tratar de parar la guerra interna de gomios y tirranos que beneficia al enemigo común aquilano.

ES CONVENIENTE QUE ANOTES BIEN LOS TRES ANTERIORES OBJETIVOS ANTES DE CONTINUAR PARA TENERLOS SIEMPRE PRESENTES.

■ ■

Tras lo anterior, ahora sí, comienza tu exploración de la ciudad de Gríes y sus alrededores. Para ello, **ve al "APÉNDICE 1 - EXPLORAR EL MAPA DE GRÍES"** situado en la parte final de este libro, donde tienes las instrucciones para jugar este mapa.

Código de localización: hex150

Puntos de Movimiento: 1

El terreno se torna ondulante hacia el oeste, donde abundantes colinas bajas se extienden hasta alcanzar una importante ciudad amurallada. Sin embargo, en el este, la llanura domina toda la vista a lo largo de muchos kilómetros de distancia. Ve a la SECCIÓN 742 del librojuego "Los yermos de Grobes".

Cuando el texto del librojuego así te lo indique, puedes seguir explorando el mapa.

Código de localización: hex152

Puntos de Movimiento: 2

Una extraña sensación embarga los cuerpos de quienes recorren este paraje desolado. Un lugar donde los árboles de grotescas figuras, que se alzan al noreste, están todos muertos.

- Si NO tienes la pista XLDO, convienes con Wolmar que vuestros pasos deben llevaros al sureste. Sigue explorando el mapa, pero ten presente que debes ir OBLIGATORIAMENTE hacia la casilla situada abajo a la derecha de la que te encuentras actualmente.

- Si ya tienes la pista XLDO, consideráis que lo mejor es volver sobre vuestros pasos. Sigue explorando el mapa, pero ten presente que tendrás que regresar a la casilla en la que estabas antes de venir aquí.

Código de localización: hex154

Puntos de Movimiento: 2

Colinas siniestras salpicadas de árboles muertos. El lugar tiene una naturaleza insana e inquietante...

Ve a la SECCIÓN 653 del librojuego "Los yermos de Grobes".

Cuando el texto del librojuego así te lo indique, puedes seguir explorando el mapa.

Código de localización: hex156

Puntos de Movimiento: 2

Una carretera surca el llano frío al norte, mientras que al sur se alzan unas colinas de aspecto siniestro. Tendrás pues que elegir entre una u otra opción, norte o sur, a la hora de avanzar por esta zona.

Ve a la SECCIÓN 1293 del librojuego "Amenazas y ponzoñas".

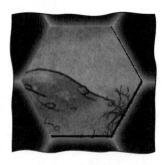

Cuando el texto del librojuego así te lo indique, puedes seguir explorando el mapa.

Código de localización: hex158

Puntos de Movimiento: 1

Esta carretera comunica la minera ciudad de Áslen con el resto del país de Hermia. A través de ella circulan personas y mercancías con bastante frecuencia. Si buscas encuentros de camino es un buen lugar a visitar, pero si optas por pasar desapercibido, quizás sería mejor avanzar lejos de dicha carretera por los yermos del norte. Finalmente, al sur se aprecian las siniestras colinas que delimitan la frontera con Grobes, un lugar ideal para vivir aventuras bajo tierra, como bien sabes...
Ve a la SECCIÓN 889 del librojuego "Amenazas y ponzoñas".

Cuando el texto del librojuego así te lo indique, puedes seguir explorando el mapa.

Código de localización: hex160

Puntos de Movimiento: 1

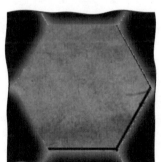

La carretera que surca el yermo está bastante transitada, lo que denota que se trata de una arteria importante a nivel de transporte y comunicaciones para el país de Hermia. Si buscas encuentros de camino es un buen lugar a visitar, pero si optas por pasar desapercibido, quizás sería mejor avanzar lejos de dicha carretera.
Ve a la SECCIÓN 1087 del librojuego "Amenazas y ponzoñas".

Cuando el texto del librojuego así te lo indique, puedes seguir explorando el mapa.

Código de localización: hex162

Puntos de Movimiento: 2

El paisaje norteño es desolador. La vasta llanura yerma parece estar aguardando para aplastar al incauto que decida adentrarse en ella en pleno invierno. Al sur, se aprecian unas elevaciones no muy altas que quizá pudieran otorgar mayor abrigo.

Ve a la SECCIÓN 1283 del librojuego "Amenazas y ponzoñas".

Cuando el texto del librojuego así te lo indique, puedes seguir explorando el mapa.

Código de localización: hex164

Puntos de Movimiento: 2

La sensación térmica es heladora cuando las rachas de viento azotan el páramo desolado. Una bandada de aves carroñeras surca el cielo encapotado en busca de algo que llevarse al estómago hambriento. Esas bestias voladoras son de los pocos seres vivientes del lugar, más allá de esos matorrales parduzcos y leñosos.

Ve a la SECCIÓN 1328 del librojuego "Amenazas y ponzoñas".

Cuando el texto del librojuego así te lo indique, puedes seguir explorando el mapa.

Código de localización: hex166

Puntos de Movimiento: 2

Muy lejos de aquí queda Tirrana, tu tierra. El hostil páramo se extiende como un inmenso mar hacia el frío norte. Te sobrepasa la enormidad del lugar y lo vasto que es Térragom. Ve a la SECCIÓN 1176 del librojuego "Amenazas y ponzoñas".

Cuando el texto del librojuego así te lo indique, puedes seguir explorando el mapa.

Código de localización: hex168

Puntos de Movimiento: 2

El yermo pardo desemboca en unas elevaciones bajas que se alzan al sur. Si se asciende a la primera de ellas, se pueden apreciar los muros exteriores de una ciudad que abarca una considerable extensión. La duda reside en si acercarse a explorar las inmediaciones de esas murallas o alejarse del lugar y regresar a la llanura fría. Ve a la SECCIÓN 609 del librojuego "Los yermos de Grobes".

Cuando el texto del librojuego así te lo indique, puedes seguir explorando el mapa.

Código de localización: hex170

Puntos de Movimiento: 2

En el sur, varios cerros achatados se extienden hasta las mismas murallas de una importante ciudad. A lo largo de estas elevaciones bajas, se aprecian pequeñas construcciones dispersas correspondientes a lugareños que sobreviven de la ganadería y de una agricultura rudimentaria. Si se pone la atención en el norte, la llanura parda acapara toda la vista.

Ve a la SECCIÓN 391 del librojuego "Los yermos de Grobes".

Cuando el texto del librojuego así te lo indique, puedes seguir explorando el mapa.

Código de localización: hex172

Puntos de Movimiento: 1

Una colosal estatua se alza imponente en el margen oriental del camino. Su tamaño y morfología son tales que causan gran impacto en todos aquellos que la presencian por vez primera. Un bosque no muy denso de árboles de hoja caduca se extiende alrededor del impresionante monumento, a ambos lados de la carretera. La presencia de tropas enemigas es patente, lo que convierte en peligrosa la zona.

Ve a la SECCIÓN 119 del librojuego "Los yermos de Grobes".

Cuando el texto del librojuego así te lo indique, puedes seguir explorando el mapa.

Código de localización: hex174

Puntos de Movimiento: 2

Al pie de las perturbadoras colinas transcurre una carretera bien cuidada donde el tráfico de mercancías parece considerable. Un pequeño bosque se extiende al noroeste.

Ve a la SECCIÓN 1221 del librojuego "Amenazas y ponzoñas".

Cuando el texto del librojuego así te lo indique, puedes seguir explorando el mapa.

Código de localización: hex176

Puntos de Movimiento: 2

El yermo desprotegido hace que avanzar por aquí no esté exento de peligros. No hay escondite alguno en esta extensión baldía. Quizás algún encuentro indeseado aguarde, o puede que nada ocurra...

Ve a la SECCIÓN 1229 del librojuego "Amenazas y ponzoñas".

Cuando el texto del librojuego así te lo indique, puedes seguir explorando el mapa.

Código de localización: hex178

Puntos de Movimiento: 2

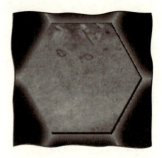

Al norte de esta zona se aprecian unas elevaciones no muy abruptas, mientras que en el sur transcurre una carretera de este a oeste. El yermo que se extiende entre ambos hitos no contiene nada salvo desolación, rocas frías dispersas y matojos secos que se preparan para el frío invierno.

Ve a la SECCIÓN 872 del librojuego "Amenazas y ponzoñas".

Cuando el texto del librojuego así te lo indique, puedes seguir explorando el mapa.

Código de localización: hex180

Puntos de Movimiento: 2

El invierno es el auténtico monarca de estas tierras desoladas durante buena parte del año. Los seres que sobreviven aquí son fruto de una pugna incansable de adaptación, una lucha silenciosa, pero sin tregua, cuyo alcance temporal es infinitamente mayor que el de la guerra que hoy libran los hombres del Imperio.

- Si no tienes la pista MYTA, ve a la SECCIÓN 911 del librojuego "Amenazas y ponzoñas".
- Si ya tienes esa pista, ve a la SECCIÓN 872 del librojuego "Amenazas y ponzoñas".

Cuando el texto del librojuego así te lo indique, puedes seguir explorando el mapa.

Código de localización: hex182

Puntos de Movimiento: 2

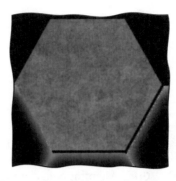

Las rachas continuas de viento azotan el lugar borrando cualquier rastro de ruido distinto a esos silbidos heladores que desmoralizan incluso al montaraz más experimentado. El hecho de que no se aprecie actividad alguna, no garantiza que la zona esté exenta de encuentros inesperados...

- Si no tienes la pista MYTA, <u>ve a la SECCIÓN 911 del librojuego "Amenazas y ponzoñas"</u>.
- Si ya tienes esa pista, <u>ve a la SECCIÓN 872 del librojuego "Amenazas y ponzoñas"</u>.

Cuando el texto del librojuego así te lo indique, puedes seguir explorando el mapa.

Código de localización: hex186

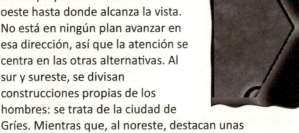

Puntos de Movimiento: 2

La estepa yerma se extiende en el oeste hasta donde alcanza la vista. No está en ningún plan avanzar en esa dirección, así que la atención se centra en las otras alternativas. Al sur y sureste, se divisan construcciones propias de los hombres: se trata de la ciudad de Gríes. Mientras que, al noreste, destacan unas elevaciones salpicadas de bosquecillos, al parecer la frontera de Grobes con la nación de Hermia, su aliada en esta guerra. En este terreno, todo puede suceder. Quizás la suerte tenga la última palabra...
Ve a la SECCIÓN 348 del librojuego "Los yermos de Grobes".

Cuando el texto del librojuego así te lo indique, puedes seguir explorando el mapa.

Código de localización: hex188

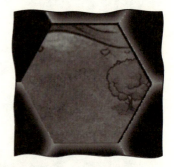

Puntos de Movimiento: 2

Este terreno está compuesto por unas suaves elevaciones salpicadas de pequeños grupos de árboles de hoja caduca que duermen en su letargo invernal. La zona no está despejada de enemigos. A simple vista se detectan patrullas de batidores tanto de Grobes como de Hermia.
Ve a la SECCIÓN 618 del librojuego "Los yermos de Grobes".

Cuando el texto del librojuego así te lo indique, puedes seguir explorando el mapa.

Código de localización: hex190

Puntos de Movimiento: 1

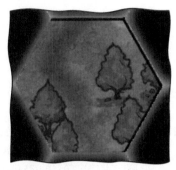

Una amplia carretera serpentea de norte a sur rodeada por unas arboledas poco densas. Un cartel indica que, muy cerca al norte, se encuentra la ciudad de Áslen, capital de esta Baronía fronteriza del estado de Hermia.

Ve a la SECCIÓN 934 del librojuego "Amenazas y ponzoñas".

Cuando el texto del librojuego así te lo indique, puedes seguir explorando el mapa.

Código de localización: hex192

Puntos de Movimiento: si lanzas 2D6 y sumas tu Destreza y obtienes un resultado de 8 o más, gastas 1 Pto. de Movimiento; en caso contrario, gastas 2 Ptos. de Movimiento.

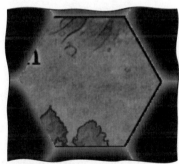

Esta zona de la fría llanura no está exenta de puntos de interés. Examinarla podría ofreceros una idea de lo que aquí se cuece...

Ve a la SECCIÓN 1136 del librojuego "Amenazas y ponzoñas".

Cuando el texto del librojuego así te lo indique, puedes seguir explorando el mapa.

Código de localización: hex194

Puntos de Movimiento: 2

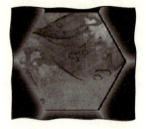

Un número considerable de
fuerzas militares hermias
están acampadas en grupos
de tiendas de campaña
dispersas por las laderas de
las colinas. Es evidente que su
misión es vigilar el camino que desemboca en la entrada
de las estratégicas minas de hierro.
Ve a la SECCIÓN 901 del librojuego "Amenazas y
ponzoñas".

Cuando el texto del librojuego así te lo indique, puedes
seguir explorando el mapa.

Código de localización: hex196

*Puntos de Movimiento: si
lanzas 2D6 y sumas tu
Destreza y obtienes un
resultado de 8 o más, gastas 2
Ptos. de Movimiento; en caso
contrario, gastas 3 Ptos. Mov.*

Los montes que dominan esta zona carecen de atractivo
paisajístico alguno. Su color es pardo y triste, en
consonancia con el yermo seco que los envuelve. No se
trata de elevaciones de difícil escalada, así que ascender
hasta su cumbre no debería conllevar mayores
peligros..., aunque nunca se sabe.
- Si no tienes la pista MYTA, ve a la SECCIÓN 911 del
librojuego "Amenazas y ponzoñas".
- Si ya tienes esa pista, ve a la SECCIÓN 1245 del
librojuego "Amenazas y ponzoñas".

Cuando el texto del librojuego así te lo indique, puedes
seguir explorando el mapa.

Código de localización: hex202

Puntos de Movimiento:
2

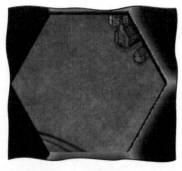

Dispersas por la reseca llanura, en esta zona hay granjas con ganado bovino que abastecen a la cercana ciudad de Áslen, al noreste de aquí. El resto del yermo permanece tan frío y hostil como siempre y quizás esconda encuentros inesperados... Ve a la SECCIÓN 1285 del librojuego "Amenazas y ponzoñas".

Cuando el texto del librojuego así te lo indique, puedes seguir explorando el mapa.

Código de localización: hex204

Puntos de Movimiento: 2

Sobre una altiplanicie de tierras negras, se alza la ciudadela de Áslen, principal enclave del país de Hermia en esta zona y un importante punto estratégico para el enemigo en esta Guerra.

NOTA DE JUEGO: Esta localización tiene una mecánica de juego especial. Mantén a mano el mapa de la ciudad que tienes en la parte de arriba de la pantalla mientras lees las secciones del librojuego. Ve a la SECCIÓN 1157 del librojuego "Amenazas y ponzoñas", donde se te explicará cómo debes continuar...

Cuando el texto del librojuego así te lo indique, puedes seguir explorando el mapa.

Código de localización: hex206

Puntos de Movimiento:
2

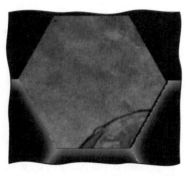

Esta zona parece disponer de unas vistas impresionantes que quizás puedan ofrecer una amplia perspectiva de la región. Es posible que explorarla ofrezca informaciones de interés, o puede que esconda encuentros indeseados...

- Si no tienes la pista MYTA, <u>ve a la SECCIÓN 911 del librojuego "Amenazas y ponzoñas"</u>.
- Si ya tienes esa pista, <u>ve a la SECCIÓN 872 del librojuego "Amenazas y ponzoñas"</u>.

Cuando el texto del librojuego así te lo indique, puedes seguir explorando el mapa.

Código de localización: hex212

Puntos de Movimiento: 3

En esta zona se alzan unas elevaciones infranqueables. No parece tener ningún sentido hacer marchar al grupo hacia esas montañas escarpadas y negras en cuyas paredes de piedra, casi lisas y perpendiculares, solo anidan las aves rapaces. No obstante, tú decides...

- Si quieres explorar las montañas, ve a la SECCIÓN 954 del librojuego "Amenazas y ponzoñas".
- Si crees que lo mejor es no hacerlo y regresar sobre tus pasos, sigue explorando el mapa y OBLIGATORIAMENTE vuelve a la casilla hexagonal en la que estuviera el grupo antes de venir aquí.

Cuando el texto del librojuego así te lo indique, puedes seguir explorando el mapa.

Código de localización: hex220

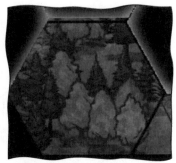

Puntos de Movimiento: si lanzas 2D6 y sumas tu Destreza y obtienes un resultado de 7 o más, gastas 2 Ptos. de Movimiento; en caso contrario, gastas 3 Ptos. de Movimiento.

El bosque se hace más denso a medida que se avanza hacia el oeste. Sin embargo, hacia el este, los pinos juvianos están cada vez más espaciados entre sí. El terreno es firme aunque un tanto sinuoso. No obstante, no hay ningún accidente o relieve en el mismo que impida avanzar. Un par de sendas recientes se abren entre la maleza, signo inequívoco de que esta zona no está exenta de merodeadores.

Ve a la SECCIÓN 50 del librojuego "Los yermos de Grobes".

Cuando el texto del librojuego así te lo indique, puedes seguir explorando el mapa.

Código de localización: hex222

Puntos de Movimiento: 2

Sin lugar a dudas, esta zona está ocupada por tropas tirranas. Un sucio campamento con tiendas improvisadas ha sido montado a toda prisa para defender esta posición de avanzada. El bosque ha sido talado en las inmediaciones para conseguir madera y ganar espacio para el asentamiento de las tropas.

Ve a la SECCIÓN 274 del librojuego "Los yermos de Grobes".

Cuando el texto del librojuego así te lo indique, puedes seguir explorando el mapa.

Código de localización: hex224

Puntos de Movimiento: 3

Esta zona del boque es oscura y está colapsada por la humedad. La vegetación posee cierto aire de putrefacción en los tramos donde las plantas agonizan por el exceso de agua. Un agua a veces estancada en pequeñas lagunas y otra entremezclada con la tierra, formando un barro repleto de charcos de un líquido marrón limoso. A medida que se avanza, se puede apreciar cómo el fango gana la batalla a la vegetación, que además de putrefacta comienza a mostrar formas retorcidas y cada vez es más escasa. Son formas insanas y grotescas, propias de la enfermedad provocada por la excesiva exposición al agua. No cabe duda de que en esta zona aguarda una ciénaga.

Ve a la SECCIÓN 137 del librojuego "Los yermos de Grobes".

Cuando el texto del librojuego así te lo indique, puedes seguir explorando el mapa.

Código de localización: hex226

Puntos de Movimiento: 1

El Camino del Paso, situado al norte de esta zona, está tomado por el ejército grobano. Esto ya no es territorio de Tirrana. Tu país lo ha perdido. El emblema de la nación de Grobes, una roca monolítica bañada por roja sangre, luce en las lonas de las tiendas de campaña y en los pendones que ondean con las rachas de frío viento que baten el yermo. Debe de haber más de doscientos hombres en el puesto de avanzada enemigo que observas desde una distancia prudente. El bosque de Táblarom acaba al sur de esta zona para dar paso al llano estéril y frío del norte. Quizás no es sensato adentraros en este lugar. Muchos son los ojos que podrían detectaros y, en ese caso, ante tanto enemigo, el único final sería la muerte segura. Sin embargo, a pesar de lo anterior, quizás es un lugar donde puedan averiguarse rumores...

- Si no quieres penetrar en este lugar poblado de enemigos, <u>sigue explorando el mapa</u> (pero ten presente que tendrás que regresar a la casilla en la que estabas antes de venir aquí).

- Si, por contra, prefieres arriesgar y avanzas hacia el puesto de avanzada grobano, <u>ve a la SECCIÓN 610 del librojuego "Los yermos de Grobes"</u>.

Cuando el texto del librojuego así te lo indique, puedes seguir explorando el mapa.

Código de localización: hex228

Puntos de Movimiento: si lanzas 2D6 y sumas tu Destreza y obtienes un resultado de 7 o más, gastas 2 Ptos. de Movimiento; en caso contrario, gastas 3 Ptos. de Movimiento.

Las escarpadas montañas desembocan en un llano al suroeste del cual transcurre el importante Camino del Paso, una vía fundamental para el transporte y el intercambio de bienes durante épocas de paz. Tiempos pacíficos caracterizados por el entendimiento entre pueblos que cooperan para aumentar su prosperidad. Tiempos, en definitiva, muy distintos a la realidad actual donde la guerra está asolando Térragom. Ve a la SECCIÓN 1853 del librojuego "El tesón de los afligidos".

Cuando el texto del librojuego así te lo indique, puedes seguir explorando el mapa.

Código de localización: hex230

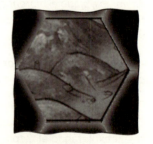

Puntos de Movimiento: 3

El conglomerado de elevaciones montañosas que puebla esta región puede ofrecer oportunidades para encontrar refugio. Múltiples deben ser los recovecos, hendeduras e incluso cuevas que pueden llegar a encontrarse en las laderas de estas colinas donde matorrales bajos y exiguas arboledas conviven con peñascos, gravilla y tierra suelta. Ve a la SECCIÓN 1781 del librojuego "El tesón de los afligidos".

Cuando el texto del librojuego así te lo indique, puedes seguir explorando el mapa.

Código de localización: hex232

Puntos de Movimiento: 2

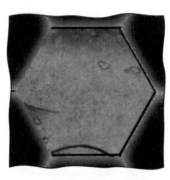

En esta zona, dominada por un llano arenoso, se aprecian innumerables rastros del paso de tropas y máquinas de guerra. Elevaciones montañosas rodean esta extensión de tierra excepto en el noroeste y el sureste, precisamente las direcciones desde las que provienen y hacia donde se dirigen, respectivamente, las huellas de botas y marcas de rodadura. <u>Ve a la SECCIÓN 1772 del librojuego "El tesón de los afligidos".</u>

Cuando el texto del librojuego así te lo indique, puedes seguir explorando el mapa.

Código de localización: hex234

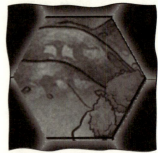

Puntos de Movimiento: 3

Un estrecho valle entre dos montañas achaparradas alberga una arboleda y algo de vegetación. El lugar posee una orografía irregular, propicia para acechar fácilmente. El viento frío del yermo aquí no golpea, aunque quizás otras penalidades existan. Ve a la SECCIÓN 1385 del librojuego "El bastión de la frontera".

Cuando el texto del librojuego así te lo indique, puedes seguir explorando el mapa.

Código de localización: hex236

Puntos de Movimiento: 3

Pequeñas arboledas salpican los montes de esta zona repleta de escondrijos e irregularidades del terreno. Un lugar propicio para encontrar cobijo o para recibir emboscadas, según se mire... Ve a la SECCIÓN 1458 del librojuego "El bastión de la frontera".

Cuando el texto del librojuego así te lo indique, puedes seguir explorando el mapa.

Código de localización: hex238

Puntos de Movimiento: 2

Castillo Vömur se alza en el extremo oriental de la cadena montañosa que se extiende hacia el oeste durante varios días de marcha. Dos pequeños bosques medran en el llano al noroeste y suroeste de esta edificación defensiva fronteriza, al sur de la cual y extramuros de la misma, se observa una pequeña aldea de agricultores ahora devastada por la guerra. Campamentos del ejército hermio salpican el yermo al este del castillo, dominando las dos carreteras que parten hacia Hermia al norte y hacia Gomia al este. Por último, hay una pequeña torreta fortificada sobre una pequeña elevación al nordeste de esta zona donde la destrucción y la barbarie imperan.

- Si tienes la pista CVVI, no sigas leyendo y ve inmediatamente a la SECCIÓN 1665 del librojuego "El bastión de la frontera".
- Si tienes la pista CVDE, no sigas leyendo y ve inmediatamente a la SECCIÓN 1652 del librojuego "El bastión de la frontera".

SOLO SI NO TIENES NINGUNA DE LAS DOS PISTAS ANTERIORES, SIGUE LEYENDO EN LA PÁGINA SIGUIENTE...

-> Si tu *CONTADOR DE TROPAS* no ha alcanzado los 200 efectivos como mínimo, <u>sigue explorando el mapa pues Wolmar y Valena consideran que no habéis reclutado suficientes fuerzas para marchar al campo de batalla con ciertas garantías</u> *(regresa a la casilla en la que estabas antes de venir aquí)*

- Si, a pesar de haber alcanzado 200 o más efectivos en tu *CONTADOR DE TROPAS*, crees que no es el momento de entrar en esta zona pues consideras que aún necesitas recabar más tropas para acometer la batalla marchando para ello a las tierras fronterizas del oeste, <u>sigue explorando el mapa</u> *(pero ten presente que tendrás que regresar a la casilla en la que estabas antes de venir aquí).*

- Si ya has alcanzado como mínimo los 200 efectivos en tu *CONTADOR DE TROPAS* y piensas que debes penetrar en la zona del castillo pues no hay tiempo que perder, <u>**VE A LA PÁGINA SIGUIENTE...**</u>

La batalla por Castillo Vömur está a punto de comenzar. Mucha sangre se derramará antes de que acabe este día.

- Si todavía no tienes la pista BATL, ve a la SECCIÓN 1440 del librojuego "El bastión de la frontera" y lee todas las secciones hasta que el texto te indique que regreses a la PÁGINA WEB, momento en que debes volver aquí.

Finalmente, cuando vuelvas aquí, **ve al "APÉNDICE 2 – CASTILLO VÖMUR" situado en la parte final de este libro, donde tienes las instrucciones para jugar.**

Código de localización: hex240

Puntos de Movimiento: 2

El llano estéril sufre aquí los embates de un viento gélido y furioso. Cualquier cosa es posible en un lugar tan inhóspito como este. <u>Ve a la SECCIÓN 1684 del librojuego "El bastión de la frontera"</u>.

Cuando el texto del librojuego así te lo indique, puedes seguir explorando el mapa.

Código de localización: hex242

Puntos de Movimiento: 1

En esta zona hay una gran piedra un tanto ovalada y erigida en vertical. Un antediluviano obelisco que se encuentra a pocos pasos a la derecha del camino. Parece ser una especie de dolmen abandonado en honor a los Antiguos Dioses. No hay duda alguna respecto a que este es el punto en el que comenzó la exploración del mapa. Un camino marcha al norte atravesando el espeso bosque que se extiende a ambos lados.

No hay nada que hacer en este lugar, así que puedes seguir explorando el mapa.

Código de localización: hex244

Puntos de Movimiento: 2

En la franja sureste de esta región, los árboles tienen una edad considerable. Su altura y el grosor de sus troncos pueden impactar incluso al montaraz más experimentado. Esos pinos juvianos son unas figuras majestuosas, verdaderos reyes del vasto bosque de Táblarom. Sin embargo, en la zona norte de esta región domina un terreno fangoso y traicionero, repleto de humedales. Por último, al noreste de esta zona, se alza un escarpado promontorio que impide el avance.

Ve a la SECCIÓN 572 del librojuego "Los yermos de Grobes".

Cuando el texto del librojuego así te lo indique, puedes seguir explorando el mapa.

Código de localización: hex246

Puntos de Movimiento: 2

El campo de visión está muy limitado por la frondosidad del bosque de Táblarom en esta zona. La espesura puede esconder cualquier sorpresa inesperada, ... o ser simplemente una molestia, además de un retraso, en vuestro avance. Por último, al noreste, se alzan unos riscos infranqueables que imposibilitan progresar en esa dirección.

Ve a la SECCIÓN 683 del librojuego "Los yermos de Grobes".

Cuando el texto del librojuego así te lo indique, puedes seguir explorando el mapa.

Código de localización: hex248

Puntos de Movimiento: 3

En esta zona se alzan unas elevaciones infranqueables. No tiene ningún sentido hacer marchar al grupo hacia estos montes escarpados en cuyas paredes de piedra, casi lisas y perpendiculares, solo anidan las aves rapaces. Sin embargo, te muestras tozudo y decides arriesgar tras convencer a Wolmar, quien tenía serias dudas al respecto. Horas después, tras un gran esfuerzo, el grupo por fin se deja vencer por los gigantes muros de roca, auténticos titanes fuera de vuestro alcance. No tienes más remedio que acallar tu orgullo y aceptar la derrota. Regresáis por la ruta que habíais venido. OBLIGATORIAMENTE vuelve a la casilla del mapa en la que estuviera el grupo antes de venir aquí.

Código de localización: hex250

Puntos de Movimiento: 2

Un pequeño bosque de árboles de hoja caduca puebla la franja de tierra situada al norte del Camino del Paso. Una carretera que atraviesa esta zona de este a oeste y que en tiempos de paz es una arteria para el comercio y las comunicaciones. El camino, en este punto, está controlado por un emplazamiento defensivo que se alza justo al sur del mismo. Se trata, sin lugar a dudas, del histórico baluarte conocido como Bastión Törr, una fortaleza fronteriza del país de Tirrana, tu patria. Más al sur de esta construcción militar, unas colinas bajas repletas de vegetación marcan la frontera septentrional del extenso y misterioso bosque de Táblarom. <u>Ve a la SECCIÓN 1844 del librojuego "El tesón de los afligidos"</u>.

Cuando el texto del librojuego así te lo indique, puedes seguir explorando el mapa.

Código de localización: hex252

Puntos de Movimiento: 2

El relieve se torna empinado en la franja septentrional de esta zona para acabar desembocando en un monte que domina el llano. Un monte que, a su vez, forma parte de una cadena montañosa que se extiende hacia el oeste. Finalmente, la llanura parda, desprovista de lugares donde encontrar refugio o escondite, espera amenazante a quienes traten de atravesarla sin los debidos cuidados. <u>Ve a la SECCIÓN 1763 del librojuego "El tesón de los afligidos"</u>.

Cuando el texto del librojuego así te lo indique, puedes seguir explorando el mapa.

Código de localización: hex254

Puntos de Movimiento: 2

El terreno se torna inaccesible al noreste de esta zona pues se alza tras un muro infranqueable. Allí arriba, más allá del accidente geográfico que divide estas tierras, se extiende la meseta que atravesaste para llegar a Bastión Görmon. Una meseta que desde aquí es inalcanzable. Por tanto, solo es posible avanzar por la llanura baja y desprotegida manteniendo todos los sentidos alerta. La sensación que uno puede sentir al atravesar este desolado llano debe ser opresiva pues el yermo está encajonado entre el mencionado muro de piedra del noreste y unas colinas que se alzan al sudoeste, unas altitudes desde las que se puede otear la planicie. Ve a la SECCIÓN 1754 del librojuego "El tesón de los afligidos".

Cuando el texto del librojuego así te lo indique, puedes seguir explorando el mapa.

Código de localización: hex256

Puntos de Movimiento: 2

Unas pocas arboledas osan sobrevivir en este lugar donde el llano no es tan áspero y hostil como en otras zonas. Quizás en esos bosquecillos encontréis resguardo del frío clima, o tal vez os topéis con encuentros indeseados...

Ve a la SECCIÓN 1347 del librojuego "El bastión de la frontera".

Cuando el texto del librojuego así te lo indique, puedes seguir explorando el mapa.

Código de localización: hex258

Puntos de Movimiento: 2

En mitad del yermo se aprecia un pequeño asentamiento formado por casuchas devastadas por la guerra. Es una mísera aldea que no consta en mapa alguno. Es evidente que está quemada y destruida.

Ve a la SECCIÓN 1341 del librojuego "El bastión de la frontera".

Cuando el texto del librojuego así te lo indique, puedes seguir explorando el mapa.

Código de localización: hex260

Puntos de Movimiento: 2

Multitud de cadáveres de soldados caídos del ejército gomio y hermio, así como de mercenarios de ambos bandos, siembran este llano. Sus cuerpos comienzan a sufrir la podredumbre de la muerte y buena parte de ellos han sido devorados por alimañas y carroñeros.

<u>Ve a la SECCIÓN 1596 del librojuego "El bastión de la frontera".</u>

Cuando el texto del librojuego así te lo indique, puedes seguir explorando el mapa.

Código de localización: hex262

Puntos de Movimiento: 3

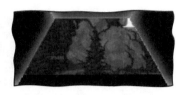

Este tramo es complicado. La floresta no es excesiva, pero en él abundan desniveles del terreno y escarpados barrancos. Un mal paso en el momento menos adecuado y quedar herido sería la mejor de las suertes. ¿Realmente merece la pena asumir todos esos riesgos? Ve a la SECCIÓN 139 del librojuego "Los yermos de Grobes".

Cuando el texto del librojuego así te lo indique, puedes seguir explorando el mapa.

Código de localización: hex264

Puntos de Movimiento: 2

Esta es una zona orográficamente irregular en la que existen bastantes desniveles en el terreno. Avanzar por aquí implicaría sortear algunos barrancos y efectuar algún rodeo en vuestra marcha, aunque no os veríais obligados a escalar y poner vuestra vida en riesgo. Hay sendas con rastros recientes... Ve a la SECCIÓN 59 del librojuego "Los yermos de Grobes".

Cuando el texto del librojuego así te lo indique, puedes seguir explorando el mapa.

Código de localización: hex266

Puntos de Movimiento: 3

La vegetación se hace más densa y los árboles ganan en edad y magnificencia a medida que se avanza hacia el sur de esta zona septentrional del extenso bosque de Táblarom, un titán de floresta que gobierna todo este territorio. Avanzar por aquí no es fácil y en ocasiones es necesario dar rodeos para sortear accidentes geográficos o muros de matorrales que se interponen al paso. Ve a la SECCIÓN 1799 del librojuego "El tesón de los afligidos".

Cuando el texto del librojuego así te lo indique, puedes seguir explorando el mapa.

Código de localización: hex268

Puntos de Movimiento: 2

El Camino del Paso surca, de este a oeste, la franja septentrional de esta región. Por su parte, al sur, un muro de floresta puebla un terreno irregular de montes bajos tras el que se extiende el vasto bosque de Táblarom. Ve a la SECCIÓN 1790 del librojuego "El tesón de los afligidos".

Cuando el texto del librojuego así te lo indique, puedes seguir explorando el mapa.

Código de localización: hex270

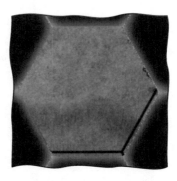

Puntos de Movimiento: 2

La práctica totalidad de este lugar está dominado por una llanura estéril, exceptuando el Camino del Paso que surca la franja meridional de esta zona. Tanto el camino como el yermo están plagados de inequívocos signos de guerra. Avanzar por esta región no va a ser una tarea exenta de riesgos... Ve a la SECCIÓN 1745 del librojuego "El tesón de los afligidos".

Cuando el texto del librojuego así te lo indique, puedes seguir explorando el mapa.

Código de localización: hex272

Puntos de Movimiento: si lanzas 2D6 y sumas tu Destreza y obtienes un resultado de 7 o más, gastas 2 Ptos. de Movimiento; en caso contrario, gastas 3 Ptos. de Movimiento.

Unas suevas colinas salpicadas de tímidas arboledas se extienden a lo largo de toda esta región de terreno irregular.
Ve a la SECCIÓN 1473 del librojuego "El bastión de la frontera".

Cuando el texto del librojuego así te lo indique, puedes seguir explorando el mapa.

Código de localización: hex274

Puntos de Movimiento: 2

En esta zona del llano sobreviven algunos árboles dispersos que en ocasiones osan formar pequeños bosquecillos. Hay huellas evidentes del paso de hombres y alguna que otra senda, quizás abierta por cazadores o montaraces.
Ve a la SECCIÓN 1505 del librojuego "El bastión de la frontera".

Cuando el texto del librojuego así te lo indique, puedes seguir explorando el mapa.

Código de localización: hex276

Puntos de Movimiento: 2

El llano áspero se extiende en todas las direcciones. Desconoces si hay aliados o enemigos en esta desolada zona. Ve a la SECCIÓN 1536 del librojuego "El bastión de la frontera".

Cuando el texto del librojuego así te lo indique, puedes seguir explorando el mapa.

Código de localización: hex278

Puntos de Movimiento: 3

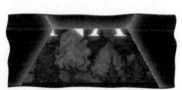

El bosque de Táblarom es un mar de árboles y vegetación en el que viejos secretos ocultos conviven con criaturas exóticas. Un lugar para valientes exploradores que reúnan el valor suficiente para adentrarse en sus profundidades en busca de estas maravillas. Ve a la SECCIÓN 1808 del librojuego "El tesón de los afligidos".

Cuando el texto del librojuego así te lo indique, puedes seguir explorando el mapa.

Código de localización: hex280

Puntos de Movimiento: 3

La marcha por este paraje, denso en follaje y plagado de irregularidades en el terreno, es tediosa y compleja. Sin embargo, la profusa vegetación ofrece cobijo y cobertura, como una capa de camuflaje bien ajustada que porte un veterano montaraz en misión de infiltración o espionaje. <u>Ve a la SECCIÓN 1817 del librojuego "El tesón de los afligidos"</u>.

Cuando el texto del librojuego así te lo indique, puedes seguir explorando el mapa.

Código de localización: hex282

Puntos de Movimiento: si lanzas 2D6 y sumas tu Destreza y obtienes un resultado de 7 o más, gastas 2 Ptos. de Movimiento; en caso contrario, gastas 3 Ptos. de Movimiento.

El bosque se torna menos espeso a medida que se avanza hacia el norte de esta zona, lugar donde una pequeña elevación montañosa marca la frontera entre la floresta y el árido llano norteño. <u>Ve a la SECCIÓN 1826 del librojuego "El tesón de los afligidos"</u>.

Cuando el texto del librojuego así te lo indique, puedes seguir explorando el mapa.

Código de localización: hex284

Puntos de Movimiento: 2

Un pequeño pueblo de casas achaparradas se asienta entre el linde norte del bosque de Táblarom y el Camino del Paso que surca estas tierras de levante a poniente. En tiempos de paz tuvo que ser una parada para el respiro y descanso de viajeros y comerciantes. En la actualidad, sufre los estragos de la guerra como otros tantos lugares de Térragom. <u>Ve a la SECCIÓN 1736 del librojuego "El tesón de los afligidos"</u>.

Cuando el texto del librojuego así te lo indique, puedes seguir explorando el mapa.

Código de localización: hex286

Puntos de Movimiento: 3

Una fortaleza defensiva se alza en una elevación más allá del yermo llano, justo al borde de un precipicio que impide toda linea de paso posible hacia el oeste.

- Si tienes la pista GOCA, no sigas leyendo y <u>OBLIGATORIAMENTE vuelve a la casilla del mapa en la que estuviera el grupo antes de venir aquí.</u>
- Si no tienes esa pista, <u>ve a la SECCIÓN 1578 del librojuego "El bastión de la frontera"</u>.

Cuando el texto del librojuego así te lo indique, puedes seguir explorando el mapa.

Código de localización: hex288

Puntos de Movimiento: 2

Una extensa llanura se extiende hasta donde alcanza la vista. Es un yermo pardo que se perpetúa tanto hacia el norte como hacia el este, dirección esta última donde se encuentra el corazón del país de Gomia. Sin embargo, en el sur y en el suroeste, se pueden apreciar unas elevaciones no muy pronunciadas que rompen la monotonía del horizonte plano.

Ve a la SECCIÓN 1700 del librojuego "El tesón de los afligidos".

Cuando el texto del librojuego así te lo indique, puedes seguir explorando el mapa.

Código de localización: hex292

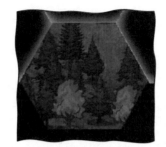

Puntos de Movimiento: si lanzas 2D6 y sumas tu Destreza y obtienes un resultado de 7 o más, gastas 2 Ptos. de Movimiento; en caso contrario, gastas 3 Ptos. de Movimiento.

Los pinos juvianos del bosque de Táblarom pueblan esta región hasta la misma linde del asentamiento de Tablun, situado al norte. En la franja septentrional de la arboleda se aprecian evidencias de actividad humana, tala de árboles y huellas de botas que marchan de aquí para allá. Ve a la SECCIÓN 1835 del librojuego "El tesón de los afligidos".

Cuando el texto del librojuego así te lo indique, puedes seguir explorando el mapa.

Código de localización: hex294

Puntos de Movimiento: 2

En el sur de esta zona se está produciendo una batalla. No se trata de una guerra de civilizaciones sino una contienda natural. La primera línea de árboles del bosque de Táblarom lucha contra el llano

reseco que trata de devorar nuevos territorios. Esos pinos juvianos del frente de combate acusan la fatiga de la lucha, estando muchos de ellos retorcidos por el inclemente viento mientras otros padecen sequedad en sus follajes. Parece que la batalla tiene un inminente ganador en esta extensión de tierra. Ve a la SECCIÓN 1727 del librojuego "El tesón de los afligidos".

Cuando el texto del librojuego así te lo indique, puedes seguir explorando el mapa.

Código de localización: hex296

Puntos de Movimiento: si lanzas 2D6 y sumas tu Destreza y obtienes un resultado de 7 o más, gastas 3 Ptos. de Movimiento; en caso contrario, gastas 4 Ptos. de Movimiento.

Al sur del Camino del Paso, que cruza esta zona de este a oeste, se extiende un relieve ondulante, dominado por colinas pobladas de matorrales bajos. En otras condiciones, sería factible vencer a estas altitudes sin demasiadas fatigas, pero en las actuales circunstancias estos montes se asemejan a titanes que desafían desde las alturas. Ve a la SECCIÓN 1709 del librojuego "El tesón de los afligidos".

Cuando el texto del librojuego así te lo indique, puedes seguir explorando el mapa.

Código de localización: hex300

Puntos de Movimiento: si lanzas 2D6 y sumas tu Destreza y obtienes un resultado de 7 o más, gastas 2 Ptos. de Movimiento; en caso contrario, gastas 3 Ptos. de Movimiento.

Un manto arbolado se extiende en esta zona desafiando la hostilidad del yermo frío y árido del norte. Quizás en ese bosque de pinos juvianos haya opciones de encontrar algo de refugio y descanso. Ve a la SECCIÓN 1718 del librojuego "El tesón de los afligidos".

Cuando el texto del librojuego así te lo indique, puedes seguir explorando el mapa.

APÉNDICE 1

Explorar el mapa de Gríes

APÉNDICE 1

EXPLORAR EL MAPA DE GRÍES

(aplicable durante la exploración de Gríes y sus alrededores):

Para llevar a cabo tu misión, vas a desplazarte por un nuevo mapa (esta vez de casillas cuadradas en vez de hexagonales y llamado "Mapa de Gríes y alrededores"). En la derecha tienes una vista en miniatura de dicho mapa.

GRÍES-41	GRÍES-42	GRÍES-43	GRÍES-44	GRÍES-45	GRÍES-46	GRÍES-47	GRÍES-48
GRÍES-33	GRÍES-34	GRÍES-35	GRÍES-36	GRÍES-37	GRÍES-38	GRÍES-39	GRÍES-40
GRÍES-25	GRÍES-26	GRÍES-27	GRÍES-28	GRÍES-29	GRÍES-30	GRÍES-31	GRÍES-32
GRÍES-17	GRÍES-18	GRÍES-19	GRÍES-20	GRÍES-21	GRÍES-22	GRÍES-23	GRÍES-24
GRÍES-9	GRÍES-10	GRÍES-11	GRÍES-12	GRÍES-13	GRÍES-14	GRÍES-15	GRÍES-16
GRÍES-1	GRÍES-2	GRÍES-3	GRÍES-4	GRÍES-5	GRÍES-6	GRÍES-7	GRÍES-8

Puedes descargar el mapa en un tamaño mayor en la web **cronicasdeterragom.com** o fotocopiar el que aparece al final de las siguientes instrucciones de juego (unas pocas páginas más adelante). Los pasos que debes seguir para explorar el mapa son:

1. Cada vez que avances a una casilla de este mapa, dibuja en ella los edificios, lugares o accidentes geográficos más representativos que hay en dicha casilla. Todos estos emplazamientos y lugares a dibujar los podrás ver en las imágenes que tienes en este mismo "Libro de exploración" para cada una de estas casillas que vienen codificadas como GRÍES-1, GRÍES-2, GRÍES-3, GRÍES-4 y así

sucesivamente hasta GRÍES-48. No es necesario que seas exhaustivo en tus dibujos, solo refleja lo más relevante y hazlo de forma simbólica como recordatorio de lo que esa casilla del mapa puede contener. Incluso, si lo prefieres, puedes llevar un diario donde expliques lo que ves en cada casilla en lugar de dibujar en ellas. Ve al paso 2.

2. Este "Libro de exploración" también te indicará cuántos Puntos de Movimiento consumes al entrar en cada casilla del mapa de Gríes.
    Como ya sabes, cada 6 Puntos de Movimiento, se considera que ha transcurrido un día. Cuando esto suceda mientras te encuentres en Gríes y sus alrededores, tienes dos opciones para pasar la noche:
    A) Acabar tu movimiento en una casilla donde exista una posada en la que alojarte y pagar el correspondiente precio. En este caso, Wolmar y tú podréis recuperar heridas perdidas según lo indicado en las reglas y, además, no sufrir ningún encuentro inesperado por la noche.
    B) Acabar tu movimiento en una casilla sin posada donde alojarte o desdeñar contratar sus servicios de hospedaje. En este caso, dormiréis como los vagabundos al raso, no recuperaréis ninguna herida perdida y, además, tendrás que hacer una tirada de encuentros urbanos en la noche según lo indicado en las reglas.
    Tras computar los Puntos de Movimiento consumidos, ve al paso 3 siguiente.

3. Este "Libro de Exploración" te indicará, para cada casilla del mapa de Gríes, la lista de Epígrafes que puedes visitar dentro de esa casilla. En la imagen de cada casilla verás los Epígrafes que tiene asociados. Estos Epígrafes te llevarán, en muchas ocasiones, a secciones del librojuego "Los Yermos de Grobes". Estudia bien las imágenes facilitadas

para cada casilla del mapa para decidir qué Epígrafes te interesa visitar pues, una vez elijas un Epígrafe, tendrás que leer obligatoriamente todo su contenido y visitar las secciones del librojuego a las que te mande. El contenido de cada Epígrafe aparece, debajo de la imagen de la casilla en la que estás, en este mismo libro. Si el Epígrafe te ha enviado a leer alguna sección del librojuego, ve al paso 4. Si no es así, ve al paso 5.

4. Cuando estés en el librojuego "Los yermos de Grobes" leyendo las secciones a las que te ha enviado el Epígrafe correspondiente que has elegido y veas que el librojuego te dice *"Vuelve a la página web y pulsa el botón de Encuentro completado",* simplemente vuelve a este "Libro de exploración" y marca con una "X" la casilla en blanco☐ que verás al lado del Epígrafe de este libro que te ha enviado al librojuego. Estos Epígrafes están situados debajo de las imágenes de las casillas que vas a explorar en tu incursión en Gríes y sus alrededores y que verás en este mismo libro. **Los Epígrafes cuya casilla en blanco hayas marcado con una "X" ya no podrás leerlos de nuevo.** Cuando leas en el librojuego "Vuelve a la página web y pulsa el botón de Cancelar encuentro", regresa a este "Libro de Exploración" pero no taches con una "X" la casilla ☐ del Epígrafe. En ambos casos, tu exploración del Epígrafe habrá acabado. Ve al paso 5 siguiente.

5. En este punto, podrás explorar otro Epígrafe distinto dentro de la misma casilla del mapa en la que estás (en este caso, ve al punto 3 anterior) o viajar a otras casillas del mapa empleando los Epígrafes que te permiten desplazarte a otras casillas (en este caso, cuando viajes a otra casilla, ve al punto 1 anterior).

NOTA DE JUEGO SOBRE TUS COMPAÑEROS:

Anota en la 'Hoja de seguimiento de acompañantes', que viene al final de tu ficha de personaje, que temporalmente todos ellos, excepto Wolmar, están fuera de la ciudad. No volverás a reunirte con ellos hasta que no te reagrupes (lo que sucederá al salir de Gríes y alrededores).

***

SUERTE Y ACIERTO EN TUS DECISIONES. ¡ARRANCA UNA NUEVA FASE DE TU COMETIDO!

En función de dónde procedas, vas a iniciar la exploración de Gríes y sus alrededores desde un punto distinto (revisa bien tu ficha, pues en ella deberías tener anotada esta dirección desde la que provienes).

-> Si provienes del "NOROESTE", **ve a GRÍES-41 en este libro...**

-> Si provienes del "SUROESTE", **ve a GRÍES-1 en este libro.**

-> Si provienes del "SUR", **ve a GRÍES-4 en este libro**.

-> Si provienes del "NORESTE", **ve a GRÍES-48 en este libro**.

-> Si provienes del "SURESTE", **ve a GRÍES-8 en este libro.**

En cualquiera de los casos, sitúate en la casilla correcta del nuevo mapa a explorar, ve a la página de este "Libro de exploración" correspondiente al código de la casilla en la que empiezas (GRÍES-41, GRÍES-1, GRÍES-4, GRÍES-48 o GRÍES-8) y sigue las instrucciones de juego indicadas anteriormente.

Ten presente que durante la exploración del mapa de Gríes y alrededores, cuando el texto de este libro te envíe a leer alguna sección del librojuego, siempre se referirá al librojuego "Los yermos de Grobes". Cuando acabes de explorar Gríes y sus inmediaciones y el texto de este libro o del librojuego "Los yermos de Grobes" así te lo indique, puedes seguir explorando el mapa hexagonal principal.

MAPA DE GRÍES Y ALREDEDORES

GRÍES-1	GRÍES-9	GRÍES-17	GRÍES-25	GRÍES-33	GRÍES-41
GRÍES-2	GRÍES-10	GRÍES-18	GRÍES-26	GRÍES-34	GRÍES-42
GRÍES-3	GRÍES-11	GRÍES-19	GRÍES-27	GRÍES-35	GRÍES-43
GRÍES-4	GRÍES-12	GRÍES-20	GRÍES-28	GRÍES-36	GRÍES-44
GRÍES-5	GRÍES-13	GRÍES-21	GRÍES-29	GRÍES-37	GRÍES-45
GRÍES-6	GRÍES-14	GRÍES-22	GRÍES-30	GRÍES-38	GRÍES-46
GRÍES-7	GRÍES-15	GRÍES-23	GRÍES-31	GRÍES-39	GRÍES-47
GRÍES-8	GRÍES-16	GRÍES-24	GRÍES-32	GRÍES-40	GRÍES-48

GRÍES-I

Entrada al mapa proveniente del SUROESTE. Antes de seguir leyendo, haz una tirada de encuentros. Lanza 2D6:

- **Si el resultado es menor que 4**, por desgracia, te topas con un grupo de soldados grobanos que patrullan la zona. Se trata de 1D6 enemigos con 1D6+2 Puntos de Combate cada uno y 25 PV todos ellos. Antes de seguir, lanza ya los dados pertinentes para determinar el número de enemigos y la fuerza de cada uno. Puedes evitarlos lanzando 2D6, sumando tu modificador de Huida y obteniendo un resultado de 9 o más. --- Puedes también disimular y evitar que sospechen de ti lanzando 2D6, sumando tu modificador de Carisma y obteniendo un resultado de 8 o más. --- Si fallas cualquiera de las dos anteriores tiradas o, si directamente así lo deseas, puedes intentar deshacerte de ellos luchando. ¡Decide qué haces y procede con las tiradas correspondientes!
    - SI HAS TENIDO QUE LUCHAR: Si has sido derrotado, pierdes 1 Punto de ThsuS para seguir adelante. Si has resultado vencedor, ganas 2D6 Puntos de Experiencia. No obstante, aún no ha pasado el peligro. Puede que el combate haya llamado la atención de más guardias... Vuelve a efectuar la tirada de encuentros con 2D6 indicada arriba.
    - SI NO HAS LUCHADO: Ganas 1D6 Puntos de Experiencia tras evitar a los guardias. Por último, gastas 0,5 Puntos de Movimiento para desplazarte a esta zona. ¡Anótalos en tu ficha y continúa con tu aventura! **Ve a la página siguiente de este libro**.

- **Si el resultado es igual o mayor que 4**, no sufres ningún encuentro indeseado. Gastas 0,5 Puntos de Movimiento para desplazarte a esta zona. ¡Anótalos en tu ficha y continúa con tu aventura! **Ve a la página siguiente de este libro.**

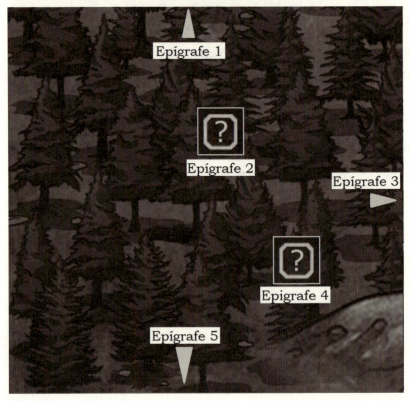

Epígrafe 1

Vas a abandonar esta zona del mapa. **Ve a GRÍES-9 en este libro.**

☐ Epígrafe 2

Un jabalí cojea herido por alguna trampa del bosque de la que penosamente se ha liberado.
- Si lo atacas para intentar hacerte con su carne y sus pieles, **ve a la SECCIÓN 125 del librojuego**.
- Si dejas vivir a la bestia, **ve a la SECCIÓN 85 del librojuego**.

Epígrafe 3

Vas a abandonar esta zona del mapa. **Ve a GRÍES-2 en este libro.**

☐ Epígrafe 4

Os topáis con un solitario leñador que se extraña mucho al veros.
- Si intentas huir de la escena, **ve a la SECCIÓN 43 del librojuego**.
- Si decides interactuar con el sorprendido hombre, **ve a la SECCIÓN 714 del librojuego**.

Epígrafe 5

Esta es una de las salidas para dejar atrás la ciudad de Gríes y sus alrededores. Si deseas abandonar la exploración de Gríes y sus alrededores vuelve al mapa hexagonal y sigue explorándolo encaminándote a la casilla ubicada al suroeste. Es decir, en el mapa principal tendrás que ir obligatoriamente a la casilla hexagonal ubicada abajo a la izquierda de la que te encuentras. Considera que tu compañía queda reagrupada y vuelves a contar con todos los compañeros que dejasteis fuera de Gríes a la espera de que Wolmar y tú regresaseis. Ten todo esto presente y toma nota si lo necesitas. Si no quieres abandonar Gríes y sus alrededores, sigue aquí y explora otro epígrafe.

GRÍES-2

Antes de seguir leyendo, haz una tirada de encuentros. Lanza 2D6:

- **Si el resultado es menor que 6**, por desgracia, te topas con un grupo de soldados grobanos que patrullan la zona. Se trata de 1D6 enemigos con 1D6+2 Puntos de Combate cada uno y 25 PV todos ellos. Antes de seguir, lanza ya los dados pertinentes para determinar el número de enemigos y la fuerza de cada uno. Puedes evitarlos lanzando 2D6, sumando tu modificador de Huida y obteniendo un resultado de 9 o más. --- Puedes también disimular y evitar que sospechen de ti lanzando 2D6, sumando tu modificador de Carisma y obteniendo un resultado de 8 o más. --- Si fallas cualquiera de las dos anteriores tiradas o, si directamente así lo deseas, puedes intentar deshacerte de ellos luchando. ¡Decide qué haces y procede con las tiradas correspondientes!
    - SI HAS TENIDO QUE LUCHAR: Si has sido derrotado, pierdes 1 Punto de ThsuS para seguir adelante. Si has resultado vencedor, ganas 2D6 Puntos de Experiencia. No obstante, aún no ha pasado el peligro. Puede que el combate haya llamado la atención de más guardias... Vuelve a efectuar la tirada de encuentros con 2D6 indicada arriba.
    - SI NO HAS LUCHADO: Ganas 1D6 Puntos de Experiencia tras evitar a los guardias. Por último, gastas 0,5 Puntos de Movimiento para desplazarte a esta zona. ¡Anótalos en tu ficha y continúa con tu aventura! <u>**Ve a la página siguiente de este libro**</u>.

- **Si el resultado es igual o mayor que 6,** no sufres ningún encuentro indeseado. Gastas 0,5 Puntos de Movimiento para desplazarte a esta zona. ¡Anótalos en tu ficha y continúa con tu aventura! <u>**Ve a la página siguiente de este libro.**</u>

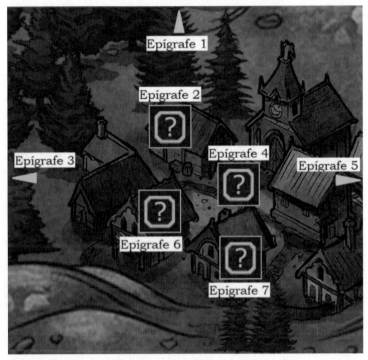

Epígrafe 1

Vas a abandonar esta zona. **Ve a GRÍES-7 en este libro.**

☐ Epígrafe 2

Esta casa, aparentemente desocupada, te llama la atención. En su fachada está grabado un símbolo que representa lo que parece una luna atravesada verticalmente por una espada y dos letras: V.F. Dicho grabado está acompañado por una palabra escrita en dialecto grobano, justo al pie. Lanza 2D6 y suma tu modificador de Inteligencia para descifrarlo (si tienes la habilidad especial de Don de lenguas, suma +3 extra):

- Si el resultado está entre 2 y 8, **ve a la SECCIÓN 535 del librojuego.**
- Si está entre 9 y 12, **ve a la SECCIÓN 406 del librojuego.**

Epígrafe 3

Vas a abandonar esta zona. **Ve a GRÍES-1 en este libro.**

☐ **Epígrafe 4**

En la plazuela de la aldea hay movimiento en estos momentos. Un puñado de lugareños está concentrándose en ella. La curiosidad te impele a acercarte para ver qué pasa. **Ve a la SECCIÓN 226 del librojuego**.

Epígrafe 5

Vas a abandonar esta zona. **Ve a GRÍES-3 en este libro.**

Epígrafe 6

Este edificio alberga la única posada de la aldea. Quizás dentro encuentres comida y descanso.
- Si entras en la posada, **ve a la SECCIÓN 484 del librojuego.**
- Si descartas entrar, **ve a la SECCIÓN 283 del librojuego.**

☐ **Epígrafe 7**

En la esquina de esta casa ves a un aldeano con gesto contrariado. Parece escuchar atento a dos vecinos que pasan por la calle en dirección a la plazuela de la aldea y que celebran las noticias que llegan del frente de combate, donde las tropas grobanas están aplastando a los tirranos que se baten en retirada.
- Si te acercas al aldeano contrariado para interactuar con él, **ve a la SECCIÓN 380 del librojuego.**
- Si tratas de hablar con los dos vecinos que celebran el estado de la guerra, **ve a la SECCIÓN 698 del librojuego**.
- Si crees que lo más prudente es irte de aquí sin hablar con ninguno de los lugareños, **ve a la SECCIÓN 283 del librojuego**.

GRÍES-3

Antes de seguir leyendo, haz una tirada de encuentros. Lanza 2D6:

- **Si el resultado es menor que 4**, por desgracia, te topas con un grupo de soldados grobanos que patrullan la zona. Se trata de 1D6 enemigos con 1D6+2 Puntos de Combate cada uno y 25 PV todos ellos. Antes de seguir, lanza ya los dados pertinentes para determinar el número de enemigos y la fuerza de cada uno. Puedes evitarlos lanzando 2D6, sumando tu modificador de Huida y obteniendo un resultado de 9 o más. --- Puedes también disimular y evitar que sospechen de ti lanzando 2D6, sumando tu modificador de Carisma y obteniendo un resultado de 8 o más. --- Si fallas cualquiera de las dos anteriores tiradas o, si directamente así lo deseas, puedes intentar deshacerte de ellos luchando. ¡Decide qué haces y procede con las tiradas correspondientes!
  - SI HAS TENIDO QUE LUCHAR: Si has sido derrotado, pierdes 1 Punto de ThsuS para seguir adelante. Si has resultado vencedor, ganas 2D6 Puntos de Experiencia. No obstante, aún no ha pasado el peligro. Puede que el combate haya llamado la atención de más guardias... Vuelve a efectuar la tirada de encuentros con 2D6 indicada arriba.
  - SI NO HAS LUCHADO: Ganas 1D6 Puntos de Experiencia tras evitar a los guardias. Por último, gastas 0,5 Puntos de Movimiento para desplazarte a esta zona. ¡Anótalos en tu ficha y continúa con tu aventura! **Ve a la página siguiente de este libro**.

- **Si el resultado es igual o mayor que 4**, no sufres ningún encuentro indeseado. Gastas 0,5 Puntos de Movimiento para desplazarte a esta zona. ¡Anótalos en tu ficha y continúa con tu aventura! **Ve a la página siguiente de este libro.**

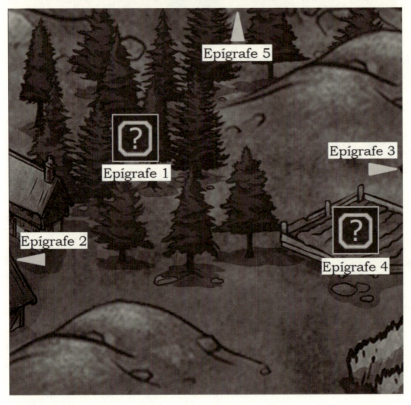

☐ Epígrafe 1

Lanza 2D6 y suma tu modificador de Percepción (si tienes la habilidad especial de Vista aguda o de Rastreo, suma +1 extra por cada una de ellas):
- Si el resultado está entre 2 y 8, **ve a la SECCIÓN 454 del librojuego**.
- Si está entre 9 y 12, **ve a la SECCIÓN 11 del librojuego**.

Epígrafe 2

Vas a abandonar esta zona del mapa. **Ve a GRÍES-2 en este libro.**

Epígrafe 3

Vas a abandonar esta zona del mapa. **Ve a GRÍES-4 en este libro.**

☐ Epígrafe 4

Un pobre pastor corre desesperado tras unas cabras que se han escapado del cercado. El hombre grita reclamando ayuda.
- Si ayudas al pastor, **ve a la SECCIÓN 46 del librojuego**.
- Si crees que lo mejor es no intervenir y continuar la marcha, **ve a la SECCIÓN 355 del librojuego**.

Epígrafe 5

Vas a abandonar esta zona del mapa. **Ve a GRÍES-11 en este libro.**

GRÍES-4

Entrada al mapa proveniente del SUR.

Antes de seguir leyendo, haz una tirada de encuentros. Lanza 2D6:

- **Si el resultado es menor que 5**, por desgracia, te topas con un grupo de soldados grobanos que patrullan la zona. Se trata de 1D6 enemigos con 1D6+2 Puntos de Combate cada uno y 25 PV todos ellos. Antes de seguir, lanza ya los dados pertinentes para determinar el número de enemigos y la fuerza de cada uno. Puedes evitarlos lanzando 2D6, sumando tu modificador de Huida y obteniendo un resultado de 9 o más. --- Puedes también disimular y evitar que sospechen de ti lanzando 2D6, sumando tu modificador de Carisma y obteniendo un resultado de 8 o más. --- Si fallas cualquiera de las dos anteriores tiradas o, si directamente así lo deseas, puedes intentar deshacerte de ellos luchando. ¡Decide qué haces y procede con las tiradas correspondientes!
    - SI HAS TENIDO QUE LUCHAR: Si has sido derrotado, pierdes 1 Punto de ThsuS para seguir adelante. Si has resultado vencedor, ganas 2D6 Puntos de Experiencia. No obstante, aún no ha pasado el peligro. Puede que el combate haya llamado la atención de más guardias... Vuelve a efectuar la tirada de encuentros con 2D6 indicada arriba.
    - SI NO HAS LUCHADO: Ganas 1D6 Puntos de Experiencia tras evitar a los guardias. Por último, gastas 0,5 Puntos de Movimiento para desplazarte a esta zona. ¡Anótalos en tu ficha y continúa con tu aventura! <u>Ve a la página siguiente de este libro</u>.

- **Si el resultado es igual o mayor que 5**, no sufres ningún encuentro indeseado. Gastas 0,5 Puntos de Movimiento para desplazarte a esta zona. ¡Anótalos en tu ficha y continúa con tu aventura! <u>Ve a la página siguiente de este libro.</u>

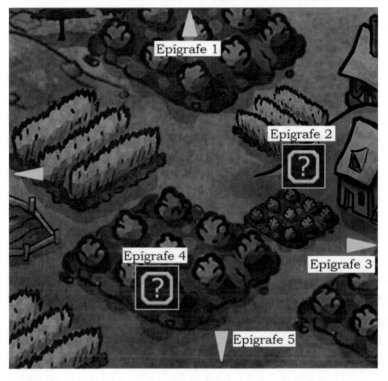

Epígrafe 1

Vas a abandonar esta zona. **Ve a GRÍES-12 en este libro.**

☐ Epígrafe 2

Marca con una "X" la casilla en blanco situada al lado del encabezado de este epígrafe para no leerlo de nuevo si regresas aquí. Esto es equivalente a marcar como ENCUENTRO COMPLETADO en la página web. Luego, sigue leyendo...

Un pequeño hito de piedra, situado al pie del suave promontorio, indica a los viajeros que están a punto de llegar a la aldea de Termon. Te llama la atención que dicho hito esté adornado con varias guirnaldas de flores. Un agricultor pasa a

poca distancia de tu posición y, tras fijarse en tu interés por la piedra adornada, te informa de que su aldea está celebrando estos días las fiestas en honor a su patrón, Sir Glórvet, amigo íntimo del Gran Críxtenes, el glorioso Emperador convertido en deidad tras su muerte. Dicho esto, el hombre asciende la cuesta en dirección este, posiblemente camino de su casa. Suma 6 Ptos. Exp. **Explora otro epígrafe.**

Epígrafe 3

Vas a abandonar esta zona. **<u>Ve a GRÍES-5 en este libro.</u>**

☐ Epígrafe 4

Lanza 2D6 y suma tu modificador de Inteligencia (si tienes la habilidad especial de Analizar objetos, suma +2 extra):
- Si obtienes entre 2 y 7, **ve a la SECCIÓN 450 del librojuego**.
- Si obtienes entre 8 y 12, **ve a la SECCIÓN 372 del librojuego**.

Epígrafe 5

Esta es una de las salidas para dejar atrás la ciudad de Gríes y sus alrededores. Si deseas abandonar la exploración de Gríes y sus alrededores vuelve al mapa hexagonal y sigue explorándolo encaminándote a la casilla ubicada al sur. Es decir, en el mapa principal tendrás que ir obligatoriamente a la casilla hexagonal ubicada abajo de la que te encuentras. Considera que tu compañía queda reagrupada y vuelves a contar con todos los compañeros que dejasteis fuera de Gríes a la espera de que Wolmar y tú regresaseis. Ten todo esto presente y toma nota si lo necesitas. Si no quieres abandonar Gríes y sus alrededores, sigue aquí y explora otro epígrafe.

GRÍES-5

Antes de seguir leyendo, haz una tirada de encuentros. Lanza 2D6:

- **Si el resultado es menor que 6**, por desgracia, te topas con un grupo de soldados grobanos que patrullan la zona. Se trata de 1D6 enemigos con 1D6+2 Puntos de Combate cada uno y 25 PV todos ellos. Antes de seguir, lanza ya los dados pertinentes para determinar el número de enemigos y la fuerza de cada uno. Puedes evitarlos lanzando 2D6, sumando tu modificador de Huida y obteniendo un resultado de 9 o más. --- Puedes también disimular y evitar que sospechen de ti lanzando 2D6, sumando tu modificador de Carisma y obteniendo un resultado de 8 o más. --- Si fallas cualquiera de las dos anteriores tiradas o, si directamente así lo deseas, puedes intentar deshacerte de ellos luchando. ¡Decide qué haces y procede con las tiradas correspondientes!
  - SI HAS TENIDO QUE LUCHAR: Si has sido derrotado, pierdes 1 Punto de ThsuS para seguir adelante. Si has resultado vencedor, ganas 2D6 Puntos de Experiencia. No obstante, aún no ha pasado el peligro. Puede que el combate haya llamado la atención de más guardias... Vuelve a efectuar la tirada de encuentros con 2D6 indicada arriba.
  - SI NO HAS LUCHADO: Ganas 1D6 Puntos de Experiencia tras evitar a los guardias. Por último, gastas 0,5 Puntos de Movimiento para desplazarte a esta zona. ¡Anótalos en tu ficha y continúa con tu aventura! **Ve a la página siguiente de este libro.**

- **Si el resultado es igual o mayor que 6**, no sufres ningún encuentro indeseado. Gastas 0,5 Puntos de Movimiento para desplazarte a esta zona. ¡Anótalos en tu ficha y continúa con tu aventura! **Ve a la página siguiente de este libro.**

☐ Epígrafe 1

Marca con una "X" la casilla en blanco situada al lado del encabezado de este epígrafe para no leerlo de nuevo si regresas aquí. Esto es equivalente a marcar como ENCUENTRO COMPLETADO en la página web. Luego, sigue leyendo...

El rudo agricultor que trabaja estas tierras os confunde con ladrones cuando ve que os acercáis. No deja pie a los parlamentos. Es evidente que su carácter es fuerte y sus modales duros, seguramente fruto de su complicada vida en el campo. Sin mediar palabra, coge su honda y comienza a lanzaros piedras. Haz tres tiradas de 2D6 y suma tu modificador de Huida para evitar que los lanzamientos del lugareño te impacten. Por cada resultado igual o inferior a 7, recibes un daño de 1D6+3 PV. Cuando acabes de realizar las tiradas, **ve a otro Epígrafe.**

☐ Epígrafe 2

Al pie de la loma, frente a la entrada de una de las granjas que conforman este poblado, ves a un grupo de lugareños en un festejo.

- Si tratas de interactuar con alguno de los campesinos, **ve a la SECCIÓN 594 del librojuego**.

- Si prefieres apartarte de la escena y continuar la marcha, **ve a la SECCIÓN 328 del librojuego.**

Epígrafe 3

Vas a abandonar esta zona. **Ve a GRÍES-4 en este libro.**

Epígrafe 4

Vas a abandonar esta zona. **Ve a GRÍES-6 en este libro.**

☐ Epígrafe 5

Marca con una "X" la casilla en blanco situada al lado del encabezado de este epígrafe para no leerlo de nuevo si regresas aquí. Esto es equivalente a marcar como ENCUENTRO COMPLETADO en la página web. Luego, sigue leyendo...

Varios campesinos se dirigen a la aldea vecina situada al noroeste, en la que se están realizando festejos en honor de su patrón. Es una ocasión que aprovechan los granjeros de los poblados vecinos para reencontrarse, descansar de sus tareas por unas horas e intercambiar rumores y noticias que puedan ser de interés. Averiguas esto al intercambiar unas breves palabras con uno de ellos y continuas tu marcha tras despedirte.

GRÍES-6

Antes de seguir leyendo, haz una tirada de encuentros. Lanza 2D6:

- **Si el resultado es menor que 5**, por desgracia, te topas con un grupo de soldados grobanos que patrullan la zona. Se trata de 1D6 enemigos con 1D6+2 Puntos de Combate cada uno y 25 PV todos ellos. Antes de seguir, lanza ya los dados pertinentes para determinar el número de enemigos y la fuerza de cada uno. Puedes evitarlos lanzando 2D6, sumando tu modificador de Huida y obteniendo un resultado de 9 o más. --- Puedes también disimular y evitar que sospechen de ti lanzando 2D6, sumando tu modificador de Carisma y obteniendo un resultado de 8 o más. --- Si fallas cualquiera de las dos anteriores tiradas o, si directamente así lo deseas, puedes intentar deshacerte de ellos luchando. ¡Decide qué haces y procede con las tiradas correspondientes!

  - SI HAS TENIDO QUE LUCHAR: Si has sido derrotado, pierdes 1 Punto de ThsuS para seguir adelante. Si has resultado vencedor, ganas 2D6 Puntos de Experiencia. No obstante, aún no ha pasado el peligro. Puede que el combate haya llamado la atención de más guardias... Vuelve a efectuar la tirada de encuentros con 2D6 indicada arriba.

  - SI NO HAS LUCHADO: Ganas 1D6 Puntos de Experiencia tras evitar a los guardias. Por último, gastas 0,5 Puntos de Movimiento para desplazarte a esta zona. ¡Anótalos en tu ficha y continúa con tu aventura! **Ve a la página siguiente de este libro**.

- **Si el resultado es igual o mayor que 5**, no sufres ningún encuentro indeseado. Gastas 0,5 Puntos de Movimiento para desplazarte a esta zona. ¡Anótalos en tu ficha y continúa con tu aventura! **Ve a la página siguiente de este libro.**

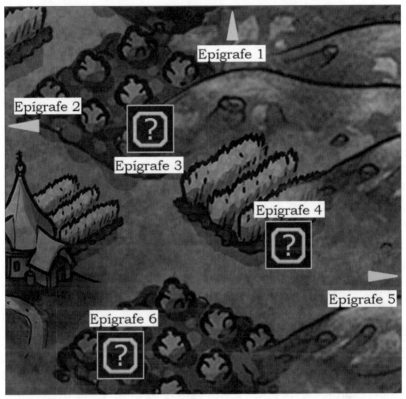

Epígrafe 1

Vas a abandonar esta zona. **Ve a GRÍES-14 en este libro.**

Epígrafe 2

Vas a abandonar esta zona. **Ve a GRÍES-5 en este libro.**

☐Epígrafe 3

Marca con una "X" la casilla en blanco situada al lado del encabezado de este epígrafe para no leerlo de nuevo si

regresas aquí. Esto es equivalente a marcar como ENCUENTRO COMPLETADO en la página web. Luego, sigue leyendo...

Una pequeña alimaña está dando buena cuenta de la cosecha hasta que huye al veros. A veces preferirías ser un animal para no tener nada que ver con la red de conspiraciones y conflictos humanos en la que estás inmerso. Recuerdas a tu familia e intentas arañar energía de la melancolía que te invade por momentos. Necesitas fuerzas para continuar con tu difícil misión. Ni más ni menos que intentar parar una guerra entre dos viejas naciones antes aliadas. Una de ellas Tirrana, tu patria, la tierra de tu gente. La otra Gomia, el hogar de Wolmar, tu acompañante que por todos había sido dado por muerto. Suma 12 P. Exp.

Epígrafe 4

Lanza 2D6 y suma tu modificador de Inteligencia (si tienes la habilidad especial de Analizar objetos, suma +1 extra):
- Si el resultado está entre 2 y 8, **ve a la SECCIÓN 450 del librojuego**.
- Si está entre 9 y 12, **ve a la SECCIÓN 240 del librojuego**.

Epígrafe 5

Vas a abandonar esta zona. **Ve a GRÍES-7 en este libro.**

Epígrafe 6

Lanza 2D6 y suma tu modificador de Inteligencia (si tienes la habilidad especial de Analizar objetos, suma +2 extra):
- Si obtienes entre 2 y 7, **ve a la SECCIÓN 450 del librojuego**.
- Si obtienes entre 8 y 12, **ve a la SECCIÓN 253 del librojuego**.

GRÍES-7

Antes de seguir leyendo, haz una tirada de encuentros. Lanza 2D6:

- **Si el resultado es menor que 6**, por desgracia, te topas con un grupo de soldados grobanos que patrullan la zona. Se trata de 1D6 enemigos con 1D6+2 Puntos de Combate cada uno y 25 PV todos ellos. Antes de seguir, lanza ya los dados pertinentes para determinar el número de enemigos y la fuerza de cada uno. Puedes evitarlos lanzando 2D6, sumando tu modificador de Huida y obteniendo un resultado de 9 o más. --- Puedes también disimular y evitar que sospechen de ti lanzando 2D6, sumando tu modificador de Carisma y obteniendo un resultado de 8 o más. --- Si fallas cualquiera de las dos anteriores tiradas o, si directamente así lo deseas, puedes intentar deshacerte de ellos luchando. ¡Decide qué haces y procede con las tiradas correspondientes!

  - o SI HAS TENIDO QUE LUCHAR: Si has sido derrotado, pierdes 1 Punto de ThsuS para seguir adelante. Si has resultado vencedor, ganas 2D6 Puntos de Experiencia. No obstante, aún no ha pasado el peligro. Puede que el combate haya llamado la atención de más guardias... Vuelve a efectuar la tirada de encuentros con 2D6 indicada arriba.
  - o SI NO HAS LUCHADO: Ganas 1D6 Puntos de Experiencia tras evitar a los guardias. Por último, gastas 0,5 Puntos de Movimiento para desplazarte a esta zona. ¡Anótalos en tu ficha y continúa con tu aventura! **Ve a la página siguiente de este libro.**

- **Si el resultado es igual o mayor que 6**, no sufres ningún encuentro indeseado. Gastas 0,5 Puntos de Movimiento para desplazarte a esta zona. ¡Anótalos en tu ficha y continúa con tu aventura! **Ve a la página siguiente de este libro.**

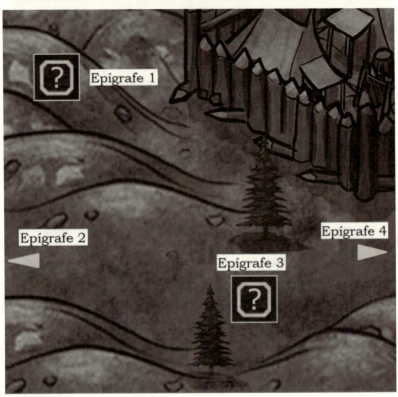

☐ Epígrafe 1

Marca con una "X" la casilla en blanco situada al lado del encabezado de este epígrafe para no leerlo de nuevo si regresas aquí. Esto es equivalente a marcar como ENCUENTRO COMPLETADO en la página web. Luego, sigue leyendo...

No hay nada de especial en estas colinas de suave pendiente. Sin embargo, subir a una de ellas te permite divisar una aldea al norte y otra al este (tomas nota mental de ello). Además, gracias a la panorámica que has ganado, dispones de 1 Punto de Movimiento adicional para el día de hoy al conocer mejor tu entorno.

Epígrafe 2

Vas a abandonar esta zona del mapa. **Ve a GRÍES-6 en este libro.**

Epígrafe 3

Más de media docena de soldados grobanos escoltan a un hombre cuya librea delata su rol de recaudador de impuestos. El grupo marcha hacia el oeste, quizás en dirección a alguna aldea o zona de granjas en las que extorsionar a los campesinos. Bromean despreocupados por su seguridad, que con claridad consideran plenamente garantizada. El encuentro ha sido inesperado. Esa partida de grobanos ha aparecido al girar una curva del camino que pasa entre las colinas. Son ocho soldados armados los que guardan al recaudador, cuya bolsa debe contener oro. Tienes que decidir rápido, antes de que descubran vuestra presencia.

- Si intentas esconderte entre las rocas cercanas al camino, **ve a la SECCIÓN 316 del librojuego**.

- Si preparas tu arma para asaltar al numeroso grupo, **ve a la SECCIÓN 401 del librojuego**.

- Si huyes a la carrera hacia el oeste para no cruzarte con ellos, **ve a la SECCIÓN 538 del librojuego**.

Epígrafe 4

Vas a abandonar esta zona del mapa. **Ve a GRÍES-8 en este libro.**

GRÍES-8

Entrada al mapa proveniente del SURESTE.

Antes de seguir leyendo, haz una tirada de encuentros. Lanza 2D6:

- **Si el resultado es menor que 8**, por desgracia, te topas con un grupo de soldados grobanos que patrullan la zona. Se trata de 1D6 enemigos con 1D6+2 Puntos de Combate cada uno y 25 PV todos ellos. Antes de seguir, lanza ya los dados pertinentes para determinar el número de enemigos y la fuerza de cada uno. Puedes evitarlos lanzando 2D6, sumando tu modificador de Huida y obteniendo un resultado de 9 o más. --- Puedes también disimular y evitar que sospechen de ti lanzando 2D6, sumando tu modificador de Carisma y obteniendo un resultado de 8 o más. --- Si fallas cualquiera de las dos anteriores tiradas o, si directamente así lo deseas, puedes intentar deshacerte de ellos luchando. ¡Decide qué haces y procede con las tiradas correspondientes!
    - SI HAS TENIDO QUE LUCHAR: Si has sido derrotado, pierdes 1 Punto de ThsuS para seguir adelante. Si has resultado vencedor, ganas 2D6 Puntos de Experiencia. No obstante, aún no ha pasado el peligro. Puede que el combate haya llamado la atención de más guardias... Vuelve a efectuar la tirada de encuentros con 2D6 indicada arriba.
    - SI NO HAS LUCHADO: Ganas 1D6 Puntos de Experiencia tras evitar a los guardias. Por último, gastas 0,5 Puntos de Movimiento para desplazarte a esta zona. ¡Anótalos en tu ficha y continúa con tu aventura! **Ve a la página siguiente de este libro**.

- **Si el resultado es igual o mayor que 8**, no sufres ningún encuentro indeseado. Gastas 0,5 Puntos de Movimiento para desplazarte a esta zona. ¡Anótalos en tu ficha y continúa con tu aventura! **Ve a la página siguiente de este libro.**

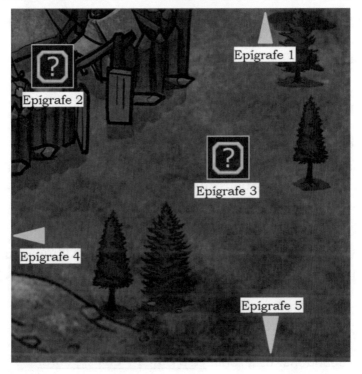

Epígrafe 1

Un puesto de vigilancia del ejército grobano controla el camino en este punto. La ciudad de Gríes no queda muy lejos de aquí.

- Solo si tienes la pista GUCA, puedes abandonar esta zona del mapa. **Ve a GRÍES-16 en este libro.**

- Si no tienes esa pista, necesitas obtener algún salvoconducto para pasar. **Ve a otro Epígrafe**.

Epígrafe 2

Atravesar esa empalizada construida con troncos de pino juviano es una temeridad, ya que tras ella se extiende un

campamento militar con numerosos soldados grobanos que guardan las lindes de la ciudad de Gríes. Pero una cosa es entrar dentro de la boca del lobo y otra es espiar desde fuera todo lo que puedas... **Ve a la SECCIÓN 228 del librojuego**.

☐ Epígrafe 3

Un puesto de vigilancia con una docena de soldados enemigos domina el camino. A unos doscientos metros de este puesto, una empalizada construida con troncos de pino juviano delata la existencia de un campamento militar grobano.

- Si tienes la Pista GUCA, **ve a la SECCIÓN 360 del librojuego**.
- Si no tienes aún esa pista, **ve a la SECCIÓN 601 del librojuego**.

Epígrafe 4

Vas a abandonar esta zona. **Ve a GRÍES-7 en este libro.**

Epígrafe 5

Esta es una de las salidas para dejar atrás la ciudad de Gríes y sus alrededores. Si deseas abandonar la exploración de Gríes y sus alrededores vuelve al mapa hexagonal y sigue explorándolo encaminándote a la casilla ubicada al sureste. Es decir, en el mapa principal tendrás que ir obligatoriamente a la casilla hexagonal ubicada abajo a la derecha de la que te encuentras. Considera que tu compañía queda reagrupada y vuelves a contar con todos los compañeros que dejasteis fuera de Gríes a la espera de que Wolmar y tú regresaseis. Ten todo esto presente y toma nota si lo necesitas. Si no quieres abandonar Gríes y sus alrededores, sigue aquí y explora otro epígrafe.

GRÍES-9

Antes de seguir leyendo, haz una tirada de encuentros. Lanza 2D6:

- **Si el resultado es menor que 3**, por desgracia, te topas con un grupo de soldados grobanos que patrullan la zona. Se trata de 1D6 enemigos con 1D6+2 Puntos de Combate cada uno y 25 PV todos ellos. Antes de seguir, lanza ya los dados pertinentes para determinar el número de enemigos y la fuerza de cada uno. Puedes evitarlos lanzando 2D6, sumando tu modificador de Huida y obteniendo un resultado de 9 o más. --- Puedes también disimular y evitar que sospechen de ti lanzando 2D6, sumando tu modificador de Carisma y obteniendo un resultado de 8 o más. --- Si fallas cualquiera de las dos anteriores tiradas o, si directamente así lo deseas, puedes intentar deshacerte de ellos luchando. ¡Decide qué haces y procede con las tiradas correspondientes!
    - SI HAS TENIDO QUE LUCHAR: Si has sido derrotado, pierdes 1 Punto de ThsuS para seguir adelante. Si has resultado vencedor, ganas 2D6 Puntos de Experiencia. No obstante, aún no ha pasado el peligro. Puede que el combate haya llamado la atención de más guardias... Vuelve a efectuar la tirada de encuentros con 2D6 indicada arriba.
    - SI NO HAS LUCHADO: Ganas 1D6 Puntos de Experiencia tras evitar a los guardias. Por último, gastas 0,5 Puntos de Movimiento para desplazarte a esta zona. ¡Anótalos en tu ficha y continúa con tu aventura! **Ve a la página siguiente de este libro**.

- **Si el resultado es igual o mayor que 3**, no sufres ningún encuentro indeseado. Gastas 0,5 Puntos de Movimiento para desplazarte a esta zona. ¡Anótalos en tu ficha y continúa con tu aventura! **Ve a la página siguiente de este libro.**

◻ Epígrafe 1

De pronto, el tenso y silencioso avance por el bosque se ve interrumpido por unas inesperadas voces. Su acento es claramente grobano. Desde tu actual posición, aún no puedes ver a quienes están conversando, aunque parece que lo hacen en una actitud amistosa. El olor a comida a la brasa impregna tus fosas nasales.

- Si avanzas en dirección a esas voces con tal de investigar, **ve a la SECCIÓN 185 del librojuego**.

- Si crees que lo más prudente es abandonar esta zona, **ve a la SECCIÓN 710 del librojuego**.

Epígrafe 2

Lanza 2D6 y suma tu modificador de Percepción (si tienes la habilidad especial de Vista aguda, suma +1 extra):
- Si el resultado está entre 2 y 8, **ve a la SECCIÓN 495 del librojuego**.
- Si está entre 9 y 12, **ve a la SECCIÓN 339 del librojuego**.

Epígrafe 3

Lanza 2D6 y suma tu modificador de Inteligencia (si tienes la habilidad especial de Analizar objetos, suma +2 extra):
- Si el resultado está entre 2 y 9, **ve a la SECCIÓN 471 del librojuego**.
- Si está entre 10 y 12, **ve a la SECCIÓN 560 del librojuego**.

Epígrafe 4

Vas a abandonar esta zona del mapa. **Ve a GRÍES-10 en este libro.**

Epígrafe 5

Vas a abandonar esta zona del mapa. **Ve a GRÍES-1 en este libro.**

GRÍES-10

Antes de seguir leyendo, haz una tirada de encuentros. Lanza 2D6:

- **Si el resultado es menor que 4**, por desgracia, te topas con un grupo de soldados grobanos que patrullan la zona. Se trata de 1D6 enemigos con 1D6+2 Puntos de Combate cada uno y 25 PV todos ellos. Antes de seguir, lanza ya los dados pertinentes para determinar el número de enemigos y la fuerza de cada uno. Puedes evitarlos lanzando 2D6, sumando tu modificador de Huida y obteniendo un resultado de 9 o más. --- Puedes también disimular y evitar que sospechen de ti lanzando 2D6, sumando tu modificador de Carisma y obteniendo un resultado de 8 o más. --- Si fallas cualquiera de las dos anteriores tiradas o, si directamente así lo deseas, puedes intentar deshacerte de ellos luchando. ¡Decide qué haces y procede con las tiradas correspondientes!
    - SI HAS TENIDO QUE LUCHAR: Si has sido derrotado, pierdes 1 Punto de ThsuS para seguir adelante. Si has resultado vencedor, ganas 2D6 Puntos de Experiencia. No obstante, aún no ha pasado el peligro. Puede que el combate haya llamado la atención de más guardias... Vuelve a efectuar la tirada de encuentros con 2D6 indicada arriba.
    - SI NO HAS LUCHADO: Ganas 1D6 Puntos de Experiencia tras evitar a los guardias. Por último, gastas 0,5 Puntos de Movimiento para desplazarte a esta zona. ¡Anótalos en tu ficha y continúa con tu aventura! **Ve a la página siguiente de este libro**.

- **Si el resultado es igual o mayor que 4**, no sufres ningún encuentro indeseado. Gastas 0,5 Puntos de Movimiento para desplazarte a esta zona. ¡Anótalos en tu ficha y continúa con tu aventura! **Ve a la página siguiente de este libro.**

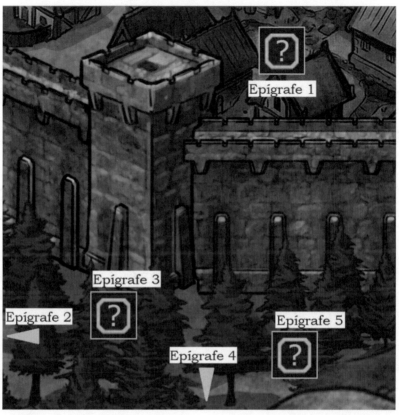

Epígrafe 1

Sabes que, detrás de esas elevadas murallas, se encuentran las calles de Gríes. Desde esta posición constatas que son inalcanzables. Debes encontrar la puerta de la ciudad para poder explorarla. **Ve a otro Epígrafe.**

Epígrafe 2

Vas a abandonar esta zona del mapa. **Ve a GRÍES-9 en este libro.**

Epígrafe 3

Una imponente torre de vigilancia se alza justo donde acaba el bosque. Las murallas de piedras grises se extienden hacia el este y noroeste en este punto. Dudas entre explorar la zona o abandonar el lugar.

- Si decides explorar, **ve a la SECCIÓN 693 del librojuego**.

- Si abandonas esta zona, **ve a la SECCIÓN 283 del librojuego**.

Epígrafe 4

Vas a abandonar esta zona del mapa. **Ve a GRÍES-2 en este libro.**

☐ Epígrafe 5

Lanza 2D6 y suma tu modificador de Percepción (si tienes la habilidad especial de Vista aguda o de Rastreo, suma +1 extra por cada una de ellas):

- Si el resultado está entre 2 y 7, **ve a la SECCIÓN 283 del librojuego**.

- Si está entre 8 y 12, **ve a la SECCIÓN 746 del librojuego**.

GRÍES-11

Antes de seguir leyendo, haz una tirada de encuentros. Lanza 2D6:

- **Si el resultado es menor que 4**, por desgracia, te topas con un grupo de soldados grobanos que patrullan la zona. Se trata de 1D6 enemigos con 1D6+2 Puntos de Combate cada uno y 25 PV todos ellos. Antes de seguir, lanza ya los dados pertinentes para determinar el número de enemigos y la fuerza de cada uno. Puedes evitarlos lanzando 2D6, sumando tu modificador de Huida y obteniendo un resultado de 9 o más. --- Puedes también disimular y evitar que sospechen de ti lanzando 2D6, sumando tu modificador de Carisma y obteniendo un resultado de 8 o más. --- Si fallas cualquiera de las dos anteriores tiradas o, si directamente así lo deseas, puedes intentar deshacerte de ellos luchando. ¡Decide qué haces y procede con las tiradas correspondientes!

    o SI HAS TENIDO QUE LUCHAR: Si has sido derrotado, pierdes 1 Punto de ThsuS para seguir adelante. Si has resultado vencedor, ganas 2D6 Puntos de Experiencia. No obstante, aún no ha pasado el peligro. Puede que el combate haya llamado la atención de más guardias... Vuelve a efectuar la tirada de encuentros con 2D6 indicada arriba.

    o SI NO HAS LUCHADO: Ganas 1D6 Puntos de Experiencia tras evitar a los guardias. Por último, gastas 0,5 Puntos de Movimiento para desplazarte a esta zona. ¡Anótalos en tu ficha y continúa con tu aventura! **Ve a la página siguiente de este libro.**

- **Si el resultado es igual o mayor que 4**, no sufres ningún encuentro indeseado. Gastas 0,5 Puntos de Movimiento para desplazarte a esta zona. ¡Anótalos en tu ficha y continúa con tu aventura! **Ve a la página siguiente de este libro.**

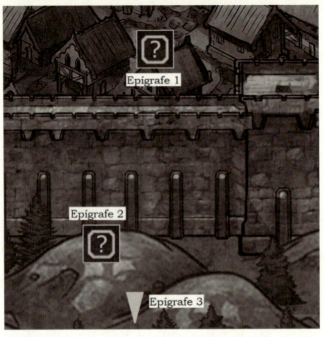

Epígrafe 1

Sabes que, detrás de esas elevadas murallas, se encuentran las calles de Gríes. Desde esta posición constatas que son inalcanzables. Debes encontrar la puerta de la ciudad para poder explorarla. **Ve a otro Epígrafe.**

☐ Epígrafe 2

Una colina achatada domina la zona.
- Si decides ascender por ella, **ve a la SECCIÓN 472 del librojuego**.
- De lo contrario, **ve a otro Epígrafe.**

Epígrafe 3

Vas a abandonar esta zona. **Ve a GRÍES-3 en este libro.**

GRÍES-12

Antes de seguir leyendo, haz una tirada de encuentros. Lanza 2D6:

- **Si el resultado es menor que 5**, por desgracia, te topas con un grupo de soldados grobanos que patrullan la zona. Se trata de 1D6 enemigos con 1D6+2 Puntos de Combate cada uno y 25 PV todos ellos. Antes de seguir, lanza ya los dados pertinentes para determinar el número de enemigos y la fuerza de cada uno. Puedes evitarlos lanzando 2D6, sumando tu modificador de Huida y obteniendo un resultado de 9 o más. --- Puedes también disimular y evitar que sospechen de ti lanzando 2D6, sumando tu modificador de Carisma y obteniendo un resultado de 8 o más. --- Si fallas cualquiera de las dos anteriores tiradas o, si directamente así lo deseas, puedes intentar deshacerte de ellos luchando. ¡Decide qué haces y procede con las tiradas correspondientes!
    - SI HAS TENIDO QUE LUCHAR: Si has sido derrotado, pierdes 1 Punto de ThsuS para seguir adelante. Si has resultado vencedor, ganas 2D6 Puntos de Experiencia. No obstante, aún no ha pasado el peligro. Puede que el combate haya llamado la atención de más guardias... Vuelve a efectuar la tirada de encuentros con 2D6 indicada arriba.
    - SI NO HAS LUCHADO: Ganas 1D6 Puntos de Experiencia tras evitar a los guardias. Por último, gastas 0,5 Puntos de Movimiento para desplazarte a esta zona. ¡Anótalos en tu ficha y continúa con tu aventura! **Ve a la página siguiente de este libro**.

- **Si el resultado es igual o mayor que 5**, no sufres ningún encuentro indeseado. Gastas 0,5 Puntos de Movimiento para desplazarte a esta zona. ¡Anótalos en tu ficha y continúa con tu aventura! **Ve a la página siguiente de este libro.**

Epígrafe 1

Sabes que, detrás de esas elevadas murallas, se encuentran las calles de Gríes. Desde esta posición constatas que son inalcanzables. Debes encontrar la puerta de la ciudad para poder explorarla. **Ve a otro Epígrafe.**

Epígrafe 2

Vas a abandonar esta zona del mapa. **<u>Ve a GRÍES-4 en este libro.</u>**

Epígrafe 3

Un lugareño trabaja a destajo cerca del cobertizo. Está cargando su carro con productos de su huerta y su granja. Parece cansado y nervioso. Debe de llevar horas realizando su ardua tarea. El hombre os mira como queriendo solicitar vuestra ayuda, aunque no abre la boca para hablar.

- Si te acercas al lugareño e interactúas con él, **ve a la SECCIÓN 7 del librojuego**.

- Si crees que lo mejor es no intervenir y continuar la marcha, **ve a la SECCIÓN 355 del librojuego**.

Epígrafe 4

Vas a abandonar esta zona del mapa. **<u>Ve a GRÍES-13 en este libro.</u>**

GRÍES-13

Antes de seguir leyendo, haz una tirada de encuentros. Lanza 2D6:

- **Si el resultado es menor que 5**, por desgracia, te topas con un grupo de soldados grobanos que patrullan la zona. Se trata de 1D6 enemigos con 1D6+2 Puntos de Combate cada uno y 25 PV todos ellos. Antes de seguir, lanza ya los dados pertinentes para determinar el número de enemigos y la fuerza de cada uno. Puedes evitarlos lanzando 2D6, sumando tu modificador de Huida y obteniendo un resultado de 9 o más. --- Puedes también disimular y evitar que sospechen de ti lanzando 2D6, sumando tu modificador de Carisma y obteniendo un resultado de 8 o más. --- Si fallas cualquiera de las dos anteriores tiradas o, si directamente así lo deseas, puedes intentar deshacerte de ellos luchando. ¡Decide qué haces y procede con las tiradas correspondientes!

  - SI HAS TENIDO QUE LUCHAR: Si has sido derrotado, pierdes 1 Punto de ThsuS para seguir adelante. Si has resultado vencedor, ganas 2D6 Puntos de Experiencia. No obstante, aún no ha pasado el peligro. Puede que el combate haya llamado la atención de más guardias... Vuelve a efectuar la tirada de encuentros con 2D6 indicada arriba.
  - SI NO HAS LUCHADO: Ganas 1D6 Puntos de Experiencia tras evitar a los guardias. Por último, gastas 0,5 Puntos de Movimiento para desplazarte a esta zona. ¡Anótalos en tu ficha y continúa con tu aventura! **Ve a la página siguiente de este libro**.

- **Si el resultado es igual o mayor que 5**, no sufres ningún encuentro indeseado. Gastas 0,5 Puntos de Movimiento para desplazarte a esta zona. ¡Anótalos en tu ficha y continúa con tu aventura! **Ve a la página siguiente de este libro.**

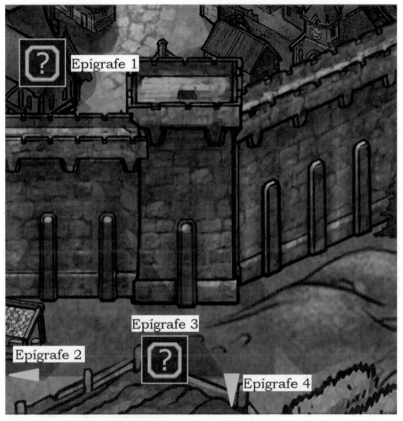

Epígrafe 1

Sabes que, detrás de esas elevadas murallas, se encuentran las calles de Gríes. Desde esta posición constatas que son inalcanzables. Debes encontrar la puerta de la ciudad para poder explorarla. **Ve a otro Epígrafe.**

Epígrafe 2

Vas a abandonar esta zona del mapa. **Ve a GRÍES-12 en este libro.**

☐ Epígrafe 3

Un dócil mulo dormita en el cercado de madera anexo a la casa con cobertizo ubicada al oeste. Este animal puede ayudarte a transportar hasta 20 puntos de valor de carga, adicionales a los que ya tengas, si te haces con él (lo que te ayudaría a acaparar mucho más inventario). Sin embargo, consume una ración de alimento extra de tu petate al finalizar cada día y muere o huye si te quedas con 8 o menos puntos de vida. También podrías venderlo por la buena cantidad de 35 coronas de oro en cualquier plaza con mercado que visites (50 coronas si tienes la habilidad especial de Negociador).

- Si quieres robar el mulo al granjero que vive en la casa ubicada al oeste, **ve a la SECCIÓN 590 del librojuego**.

- Si crees que no debes hacer esto, **ve a otro Epígrafe**.

Epígrafe 4

Vas a abandonar esta zona del mapa. <u>**Ve a GRÍES-5 en este libro.**</u>

GRÍES-14

Antes de seguir leyendo, haz una tirada de encuentros. Lanza 2D6:

- **Si el resultado es menor que 5**, por desgracia, te topas con un grupo de soldados grobanos que patrullan la zona. Se trata de 1D6 enemigos con 1D6+2 Puntos de Combate cada uno y 25 PV todos ellos. Antes de seguir, lanza ya los dados pertinentes para determinar el número de enemigos y la fuerza de cada uno. Puedes evitarlos lanzando 2D6, sumando tu modificador de Huida y obteniendo un resultado de 9 o más. --- Puedes también disimular y evitar que sospechen de ti lanzando 2D6, sumando tu modificador de Carisma y obteniendo un resultado de 8 o más. --- Si fallas cualquiera de las dos anteriores tiradas o, si directamente así lo deseas, puedes intentar deshacerte de ellos luchando. ¡Decide qué haces y procede con las tiradas correspondientes!
  - SI HAS TENIDO QUE LUCHAR: Si has sido derrotado, pierdes 1 Punto de ThsuS para seguir adelante. Si has resultado vencedor, ganas 2D6 Puntos de Experiencia. No obstante, aún no ha pasado el peligro. Puede que el combate haya llamado la atención de más guardias... Vuelve a efectuar la tirada de encuentros con 2D6 indicada arriba.
  - SI NO HAS LUCHADO: Ganas 1D6 Puntos de Experiencia tras evitar a los guardias. Por último, gastas 0,5 Puntos de Movimiento para desplazarte a esta zona. ¡Anótalos en tu ficha y continúa con tu aventura! **Ve a la página siguiente de este libro**.

- **Si el resultado es igual o mayor que 5**, no sufres ningún encuentro indeseado. Gastas 0,5 Puntos de Movimiento para desplazarte a esta zona. ¡Anótalos en tu ficha y continúa con tu aventura! **Ve a la página siguiente de este libro.**

Epígrafe 1

Dudas entre subir a ese monte para tener una mejor panorámica o no perder tiempo y continuar la marcha hacia otro lugar.

- Si decides subir, **ve a la SECCIÓN 207 del librojuego**.
- Si rechazas esa opción, **ve a otro Epígrafe.**

Epígrafe 2

Estas son las últimas parcelas cultivadas antes de que una serie de colinas domine el paisaje. Estás en un lugar silencioso y aislado. Tu atención se fija en esas jugosas hortalizas suficientemente maduras como para ser cosechadas.
- Si quieres robar unas cuantas plantas de esos huertos, **ve a la SECCIÓN 183 del librojuego.**
- Si rechazas esa opción por el momento, **ve a otro Epígrafe**.

Epígrafe 3

Vas a abandonar esta zona del mapa. **Ve a GRÍES-6 en este libro.**

GRÍES-15

Antes de seguir leyendo, haz una tirada de encuentros. Lanza 2D6:

- **Si el resultado es menor que 7**, por desgracia, te topas con un grupo de soldados grobanos que patrullan la zona. Se trata de 1D6 enemigos con 1D6+2 Puntos de Combate cada uno y 25 PV todos ellos. Antes de seguir, lanza ya los dados pertinentes para determinar el número de enemigos y la fuerza de cada uno. Puedes evitarlos lanzando 2D6, sumando tu modificador de Huida y obteniendo un resultado de 9 o más. --- Puedes también disimular y evitar que sospechen de ti lanzando 2D6, sumando tu modificador de Carisma y obteniendo un resultado de 8 o más. --- Si fallas cualquiera de las dos anteriores tiradas o, si directamente así lo deseas, puedes intentar deshacerte de ellos luchando. ¡Decide qué haces y procede con las tiradas correspondientes!
  - SI HAS TENIDO QUE LUCHAR: Si has sido derrotado, pierdes 1 Punto de ThsuS para seguir adelante. Si has resultado vencedor, ganas 2D6 Puntos de Experiencia. No obstante, aún no ha pasado el peligro. Puede que el combate haya llamado la atención de más guardias... Vuelve a efectuar la tirada de encuentros con 2D6 indicada arriba.
  - SI NO HAS LUCHADO: Ganas 1D6 Puntos de Experiencia tras evitar a los guardias. Por último, gastas 0,5 Puntos de Movimiento para desplazarte a esta zona. ¡Anótalos en tu ficha y continúa con tu aventura! <u>**Ve a la página siguiente de este libro**</u>.

- **Si el resultado es igual o mayor que 7**, no sufres ningún encuentro indeseado. Gastas 0,5 Puntos de Movimiento para desplazarte a esta zona. ¡Anótalos en tu ficha y continúa con tu aventura! <u>**Ve a la página siguiente de este libro.**</u>

Epígrafe 1

Un puesto de vigilancia del ejército grobano controla el camino en este punto. Ves la puerta de la ciudad de Gríes a muy poca distancia.

- Solo si tienes la pista GUCA, **ve a GRÍES-23 en este libro.**

- Si no tienes esa pista, necesitas obtener algún salvoconducto para pasar. **Ve a otro Epígrafe.**

☐ Epígrafe 2

Un puesto de vigilancia con una docena de soldados enemigos domina el camino. Al sur de este puesto hay una pequeña aldea y, más allá de ella, se alza una empalizada construida con troncos de pino juviano que delata la existencia de un campamento militar grobano.

- Si tienes la Pista GUCA, **ve a la SECCIÓN 360 del librojuego**.
- Si no tienes aún esa pista, **ve a la SECCIÓN 601 del librojuego**.

☐ Epígrafe 3

Marca con una "X" la casilla en blanco situada al lado del encabezado de este epígrafe para no leerlo de nuevo si regresas aquí. Esto es equivalente a marcar como ENCUENTRO COMPLETADO en la página web. Luego, sigue leyendo…

Un grupo de agricultores marcha hacia Gríes con carretillas y mulos bien cargados de hortalizas. También llevan pequeñas jaulas de madera con gallinas, palomas y conejos. Intercambias unas breves palabras con ellos y averiguas que la puerta de la ciudad se encuentra muy cerca, al norte, si sigues el camino. Suma 5 P. Exp.

Epígrafe 4

Vas a abandonar esta zona. **Ve a GRÍES-16 en este libro.**

Epígrafe 5

Este edificio alberga la única posada de la aldea. Quizás dentro encuentres comida y descanso.

- Si entras en la posada, **ve a la SECCIÓN 484 del librojuego**.
- Si descartas entrar, **ve a otro Epígrafe**.

☐ Epígrafe 6

La escena que presencias te deja perplejo y con una sensación verdaderamente angustiosa. Un lugareño está atado de manos a un travesaño horizontal soportado por dos maderas. Sus pies no llegan a tocar el suelo y su cuerpo se mece como un péndulo colgado de ese macabro artilugio. Sus gritos de dolor penetran tus oídos produciéndote escalofríos. El desgraciado hombre está siendo azotado por un soldado grobano mientras dos satisfechos monjes y los atemorizados parroquianos presencian el espectáculo.

- Si te acercas a la escena para indagar, **ve a la SECCIÓN 265 del librojuego**.

- Si crees que es demasiado peligroso y que debes marcharte cuanto antes, **ve a la SECCIÓN 222 del librojuego**.

☐ Epígrafe 7

Un corto camino, que parte de la carretera principal de Gríes, os lleva a una aldea satélite de dicha ciudad. **Ve a la SECCIÓN 149 del librojuego**.

GRÍES-16

Antes de seguir leyendo, haz una tirada de encuentros. Lanza 2D6:

- **Si el resultado es menor que 7**, por desgracia, te topas con un grupo de soldados grobanos que patrullan la zona. Se trata de 1D6 enemigos con 1D6+2 Puntos de Combate cada uno y 25 PV todos ellos. Antes de seguir, lanza ya los dados pertinentes para determinar el número de enemigos y la fuerza de cada uno. Puedes evitarlos lanzando 2D6, sumando tu modificador de Huida y obteniendo un resultado de 9 o más. --- Puedes también disimular y evitar que sospechen de ti lanzando 2D6, sumando tu modificador de Carisma y obteniendo un resultado de 8 o más. --- Si fallas cualquiera de las dos anteriores tiradas o, si directamente así lo deseas, puedes intentar deshacerte de ellos luchando. ¡Decide qué haces y procede con las tiradas correspondientes!
    - SI HAS TENIDO QUE LUCHAR: Si has sido derrotado, pierdes 1 Punto de ThsuS para seguir adelante. Si has resultado vencedor, ganas 2D6 Puntos de Experiencia. No obstante, aún no ha pasado el peligro. Puede que el combate haya llamado la atención de más guardias... Vuelve a efectuar la tirada de encuentros con 2D6 indicada arriba.
    - SI NO HAS LUCHADO: Ganas 1D6 Puntos de Experiencia tras evitar a los guardias. Por último, gastas 0,5 Puntos de Movimiento para desplazarte a esta zona. ¡Anótalos en tu ficha y continúa con tu aventura! **Ve a la página siguiente de este libro**.

- **Si el resultado es igual o mayor que 7**, no sufres ningún encuentro indeseado. Gastas 0,5 Puntos de Movimiento para desplazarte a esta zona. ¡Anótalos en tu ficha y continúa con tu aventura! **Ve a la página siguiente de este libro.**

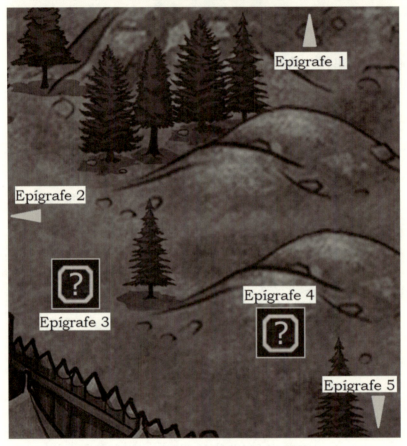

Epígrafe 1

Vas a abandonar esta zona del mapa. **Ve a GRÍES-24 en este libro.**

Epígrafe 2

Vas a abandonar esta zona del mapa. **Ve a GRÍES-15 en este libro.**

☐ Epígrafe 3

Una caravana de suministros levanta una gran polvareda conforme avanza por el camino hacia el sureste. Se dirige, sin duda, al frente de combate. El pulso se te acelera por momentos... **Ve a la SECCIÓN 214 del librojuego**.

☐ Epígrafe 4

Un vendedor ambulante maldice y da patadas a la rueda rota de su carro. Al parecer, volvía de Gríes de hacer negocio y marchaba en dirección sur. **Ve a la SECCIÓN 669 del librojuego**.

Epígrafe 5

Vas a abandonar esta zona del mapa. <u>**Ve a GRÍES-8 en este libro.**</u>

GRÍES-17

Antes de seguir leyendo, haz una tirada de encuentros. Lanza 2D6:

- **Si el resultado es menor que 5,** por desgracia, te topas con un grupo de soldados grobanos que patrullan la zona. Se trata de 1D6 enemigos con 1D6+2 Puntos de Combate cada uno y 25 PV todos ellos. Antes de seguir, lanza ya los dados pertinentes para determinar el número de enemigos y la fuerza de cada uno. Puedes evitarlos lanzando 2D6, sumando tu modificador de Huida y obteniendo un resultado de 9 o más. --- Puedes también disimular y evitar que sospechen de ti lanzando 2D6, sumando tu modificador de Carisma y obteniendo un resultado de 8 o más. --- Si fallas cualquiera de las dos anteriores tiradas o, si directamente así lo deseas, puedes intentar deshacerte de ellos luchando. ¡Decide qué haces y procede con las tiradas correspondientes!
    - SI HAS TENIDO QUE LUCHAR: Si has sido derrotado, pierdes 1 Punto de ThsuS para seguir adelante. Si has resultado vencedor, ganas 2D6 Puntos de Experiencia. No obstante, aún no ha pasado el peligro. Puede que el combate haya llamado la atención de más guardias... Vuelve a efectuar la tirada de encuentros con 2D6 indicada arriba.
    - SI NO HAS LUCHADO: Ganas 1D6 Puntos de Experiencia tras evitar a los guardias. Por último, gastas 0,5 Puntos de Movimiento para desplazarte a esta zona. ¡Anótalos en tu ficha y continúa con tu aventura! **Ve a la página siguiente de este libro**.

- **Si el resultado es igual o mayor que 5,** no sufres ningún encuentro indeseado. Gastas 0,5 Puntos de Movimiento para desplazarte a esta zona. ¡Anótalos en tu ficha y continúa con tu aventura! **Ve a la página siguiente de este libro.**

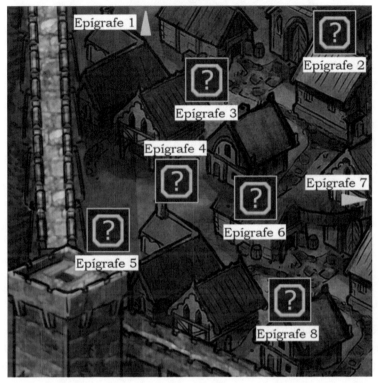

Epígrafe 1

Vas a abandonar esta zona. **Ve a GRÍES-25 en este libro.**

☐ Epígrafe 2

En este lugar se alza una construcción que es una verdadera rareza. Se trata de un pequeño santuario que aún abraza las Viejas Creencias, una antigua y milenaria fe que fue eclipsada en su momento por el Hebrismo, religión oficial del Imperio durante un tiempo hasta que, a su vez, fue apartada por el Domatismo que actualmente impera. Dos tipos con pinta de viajeros y acento norteño están conversando cerca de la entrada del santuario. **Ve a la SECCIÓN 219 del librojuego**.

☐ Epígrafe 3

Al cruzar la esquina de una sucia calle, te topas con una figura que avanza a trompicones. El miserable tipo tose, escupe sangre y se derrumba a pocos pasos de vosotros. El impacto que te produce el encuentro hace que pongas tierra de por medio de inmediato y que evites el contacto con ese hombre claramente enfermo. Lanza 1D6:

- Si el resultado es impar, **ve a la SECCIÓN 604 del librojuego**.

- Si el resultado es par, marca con una "X" la casilla en blanco situada al lado del encabezado de este epígrafe para no leerlo de nuevo si regresas aquí. **Ve a otro Epígrafe**.

Epígrafe 4

Dedicas un tiempo a explorar este barrio pobre con la esperanza de encontrar algo de utilidad para tus pesquisas. Las callejuelas más deterioradas están enfangadas tras la leve lluvia de la noche anterior. Se trata de calzadas sin pavimentar que no disponen de ningún sistema de alcantarillado, por lo que caminas sobre charcos negruzcos y barro. Ves sucias gallinas y apestosos perros por las calles y tienes la sensación de poder infectarte en cualquier momento debido a lo insalubre del lugar... **Ve a la SECCIÓN 604 del librojuego**.

☐ Epígrafe 5

Marca con una "X" la casilla en blanco situada al lado del encabezado de este epígrafe para no leerlo de nuevo si regresas aquí. Esto es equivalente a marcar como ENCUENTRO COMPLETADO en la página web. Luego, sigue leyendo...

Cerca de tu posición, al sur, ves una imponente torre de vigilancia transitada por soldados con los emblemas grobanos. Te sientes desprotegido, demasiado expuesto a ojos atentos que pudieran detectarte. No lo dudas ni un momento y te apartas del lugar mientras tu mente viaja a tu hogar y a tu familia. Tu gente está en riesgo si el ejército grobano rompe las últimas defensas tirranas apostadas en el bosque de Táblarom y penetra en las tierras abiertas que hay tras él. No quieres ni imaginar en las consecuencias de todo ello. Es necesario parar la guerra entre tu país y el de Wolmar para hacer frente al enemigo común aquilano antes de que sea tarde. Esta cadena de pensamientos te reafirma en tu cometido y hace que aumente tu convicción (dispones de un modificador de +2 en la próxima tirada que hagas).

Epígrafe 6

La sucia plazuela por la que avanzas junto a Wolmar está invadida por el silencio y vuestros pasos resuenan sobre los maltrechos adoquines. De pronto, una voz os sobresalta... **Ve a la SECCIÓN 513 del librojuego**.

Epígrafe 7

Vas a abandonar esta zona del mapa. **Ve a GRÍES-18 en este libro.**

Epígrafe 8

La suciedad y la miseria impregnan el lugar. Transitas por estas callejuelas insalubres cuando, de pronto, una visión te impacta... **Ve a la SECCIÓN 83 del librojuego.**

GRÍES-18

Antes de seguir leyendo, haz una tirada de encuentros. Lanza 2D6:

- **Si el resultado es menor que 6**, por desgracia, te topas con un grupo de soldados grobanos que patrullan la zona. Se trata de 1D6 enemigos con 1D6+2 Puntos de Combate cada uno y 25 PV todos ellos. Antes de seguir, lanza ya los dados pertinentes para determinar el número de enemigos y la fuerza de cada uno. Puedes evitarlos lanzando 2D6, sumando tu modificador de Huida y obteniendo un resultado de 9 o más. --- Puedes también disimular y evitar que sospechen de ti lanzando 2D6, sumando tu modificador de Carisma y obteniendo un resultado de 8 o más. --- Si fallas cualquiera de las dos anteriores tiradas o, si directamente así lo deseas, puedes intentar deshacerte de ellos luchando. ¡Decide qué haces y procede con las tiradas correspondientes!
    - SI HAS TENIDO QUE LUCHAR: Si has sido derrotado, pierdes 1 Punto de ThsuS para seguir adelante. Si has resultado vencedor, ganas 2D6 Puntos de Experiencia. No obstante, aún no ha pasado el peligro. Puede que el combate haya llamado la atención de más guardias... Vuelve a efectuar la tirada de encuentros con 2D6 indicada arriba.
    - SI NO HAS LUCHADO: Ganas 1D6 Puntos de Experiencia tras evitar a los guardias. Por último, gastas 0,5 Puntos de Movimiento para desplazarte a esta zona. ¡Anótalos en tu ficha y continúa con tu aventura! <u>Ve a la página siguiente de este libro</u>.

- **Si el resultado es igual o mayor que 6**, no sufres ningún encuentro indeseado. Gastas 0,5 Puntos de Movimiento para desplazarte a esta zona. ¡Anótalos en tu ficha y continúa con tu aventura! <u>**Ve a la página siguiente de este libro.**</u>

Epígrafe 1

Os adentráis en una callejuela que vira al noroeste y que penetra en un barrio de clase social baja. **Ve a la SECCIÓN 170 del librojuego**.

Epígrafe 2

Vas a abandonar esta zona del mapa. **Ve a GRÍES-26 en este libro.**

☐ Epígrafe 3

La escena que ves te causa una sensación profunda de incomodidad. En plena calle principal, una mujer de unos treinta años está atada a un poste de madera. Sus ropas están muy sucias y desgarradas. A sus pies ves restos de alimentos podridos y otras inmundicias que le han sido arrojadas por los viandantes. Un matrimonio bastante entrado en edad, que pasa en estos momentos por la calle a vuestro lado, empatiza con la mujer castigada y murmulla algo que intentas escuchar. **Ve a la SECCIÓN 642 del librojuego**.

Epígrafe 4

Vas a abandonar esta zona. **Ve a GRÍES-19 en este libro.**

Epígrafe 5

Ves un tablón de madera con anuncios de todo tipo y las correspondientes direcciones de contacto de los ofertantes. Puede haber algún tablón más como éste en otros puntos de la ciudad. Algunos curiosos se acercan a ver y tú eres uno de ellos. **Ve a la SECCIÓN 326 del librojuego**.

Epígrafe 6

Vas a abandonar esta zona. **Ve a GRÍES-17 en este libro.**

Epígrafe 7

Todo en el aspecto de este local delata que es un prostíbulo clandestino. El domatismo aquilano no es permisivo con estas prácticas, así que estos locales deben realizar su actividad de una forma menos evidente que en suelo wexiano. No obstante, parece que se hace la vista gorda y se les deja trabajar. La entrada y salida de clientes, un par de ellos monjes, así lo atestigua. **Ve a la SECCIÓN 499 del librojuego**.

Epígrafe 8

Un transeúnte, con el que intercambias unas pocas palabras, te informa de que ese local es una tienda de drogas y venenos. Te llama la atención y decides visitarla. **Ve a la SECCIÓN 500 del librojuego**.

Epígrafe 9

Esta casa está pegada al lateral oeste de un edificio más grande que posee unas escaleras de piedra que dan acceso a una pasarela situada en la primera planta. Ese edificio parece ser sede de uno de los Gremios de mercaderes de la ciudad.
- Si no tienes la pista AVME, no tienes nada de interés que hacer aquí. **Ve a otro Epígrafe**.
- Si ya tienes esa pista, **ve a la SECCIÓN 167 del librojuego**.

Epígrafe 10

Un matrimonio de cierta edad está realizando la mudanza de su casa. Tienen faena para rato y parecen bastante cansados.
- Si te ofreces para echarles una mano, **ve a la SECCIÓN 660 del librojuego**.
- Si crees que no es el momento, **ve a otro Epígrafe**.

GRÍES-19

Antes de seguir leyendo, haz una tirada de encuentros. Lanza 2D6:

- **Si el resultado es menor que 7**, por desgracia, te topas con un grupo de soldados grobanos que patrullan la zona. Se trata de 1D6 enemigos con 1D6+2 Puntos de Combate cada uno y 25 PV todos ellos. Antes de seguir, lanza ya los dados pertinentes para determinar el número de enemigos y la fuerza de cada uno. Puedes evitarlos lanzando 2D6, sumando tu modificador de Huida y obteniendo un resultado de 9 o más. --- Puedes también disimular y evitar que sospechen de ti lanzando 2D6, sumando tu modificador de Carisma y obteniendo un resultado de 8 o más. --- Si fallas cualquiera de las dos anteriores tiradas o, si directamente así lo deseas, puedes intentar deshacerte de ellos luchando. ¡Decide qué haces y procede con las tiradas correspondientes!
    - SI HAS TENIDO QUE LUCHAR: Si has sido derrotado, pierdes 1 Punto de ThsuS para seguir adelante. Si has resultado vencedor, ganas 2D6 Puntos de Experiencia. No obstante, aún no ha pasado el peligro. Puede que el combate haya llamado la atención de más guardias... Vuelve a efectuar la tirada de encuentros con 2D6 indicada arriba.
    - SI NO HAS LUCHADO: Ganas 1D6 Puntos de Experiencia tras evitar a los guardias. Por último, gastas 0,5 Puntos de Movimiento para desplazarte a esta zona. ¡Anótalos en tu ficha y continúa con tu aventura! **Ve a la página siguiente de este libro**.
- **Si el resultado es igual o mayor que 7**, no sufres ningún encuentro indeseado. Gastas 0,5 Puntos de Movimiento para desplazarte a esta zona. ¡Anótalos en tu ficha y continúa con tu aventura! **Ve a la página siguiente de este libro.**

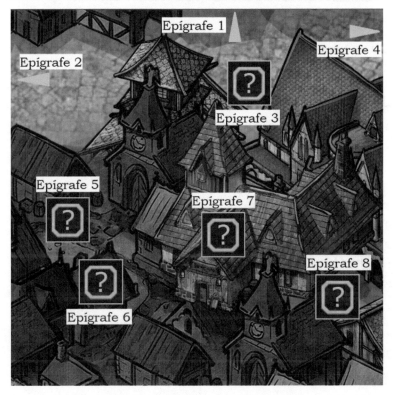

Epígrafe 1

Vas a abandonar esta zona. **Ve a GRÍES-27 en este libro.**

Epígrafe 2

Vas a abandonar esta zona. **Ve a GRÍES-18 en este libro.**

☐Epígrafe 3

Os llama la atención la presencia de una oficina administrativa del Banco Imperial en la acera sur de esta calle importante de la ciudad. El hallazgo desata una intrincada conversación con Wolmar. **Ve a la SECCIÓN 748 del librojuego**.

Epígrafe 4

Vas a abandonar esta zona. **Ve a GRÍES-20 en este libro.**

☐Epígrafe 5

Un tipo con ropajes de mercader duerme su borrachera tirado en la calle. **Ve a la SECCIÓN 381 del librojuego**.

☐Epígrafe 6

Un cartel sobre la puerta de esta construcción indica que se trata de la tienda de un alquimista.
- Si tienes la pista GRRV, **ve a la SECCIÓN 686 del librojuego**.
- Si no tienes esa pista, de momento no consideras que haya algo de interés aquí. **Ve a otro Epígrafe**.

Epígrafe 7

Este edificio de gran tamaño alberga una bulliciosa posada con servicio de taberna, donde los huéspedes y visitantes hacen vida social y disfrutan de la estancia. Escuchas el sonido de la multitud que hay en su interior y hueles el irresistible olor a comida recién preparada, así como a vino y licores de todo tipo. De ti depende si hacer parada aquí o seguir adelante sin descanso.
- Si quieres entrar en el establecimiento, **ve a la SECCIÓN 588 del librojuego**.
- Si prefieres no hacerlo, **ve a otro Epígrafe.**

☐Epígrafe 8

Tienes la sensación de que alguien os viene observando desde hace unos minutos... **Ve a la SECCIÓN 414 del librojuego**.

GRÍES-20

Antes de seguir leyendo, haz una tirada de encuentros. Lanza 2D6:

- **Si el resultado es menor que 7**, por desgracia, te topas con un grupo de soldados grobanos que patrullan la zona. Se trata de 1D6 enemigos con 1D6+2 Puntos de Combate cada uno y 25 PV todos ellos. Antes de seguir, lanza ya los dados pertinentes para determinar el número de enemigos y la fuerza de cada uno. Puedes evitarlos lanzando 2D6, sumando tu modificador de Huida y obteniendo un resultado de 9 o más. --- Puedes también disimular y evitar que sospechen de ti lanzando 2D6, sumando tu modificador de Carisma y obteniendo un resultado de 8 o más. --- Si fallas cualquiera de las dos anteriores tiradas o, si directamente así lo deseas, puedes intentar deshacerte de ellos luchando. ¡Decide qué haces y procede con las tiradas correspondientes!
    - SI HAS TENIDO QUE LUCHAR: Si has sido derrotado, pierdes 1 Punto de ThsuS para seguir adelante. Si has resultado vencedor, ganas 2D6 Puntos de Experiencia. No obstante, aún no ha pasado el peligro. Puede que el combate haya llamado la atención de más guardias... Vuelve a efectuar la tirada de encuentros con 2D6 indicada arriba.
    - SI NO HAS LUCHADO: Ganas 1D6 Puntos de Experiencia tras evitar a los guardias. Por último, gastas 0,5 Puntos de Movimiento para desplazarte a esta zona. ¡Anótalos en tu ficha y continúa con tu aventura! **Ve a la página siguiente de este libro**.

- **Si el resultado es igual o mayor que 7**, no sufres ningún encuentro indeseado. Gastas 0,5 Puntos de Movimiento para desplazarte a esta zona. ¡Anótalos en tu ficha y continúa con tu aventura! **Ve a la página siguiente de este libro.**

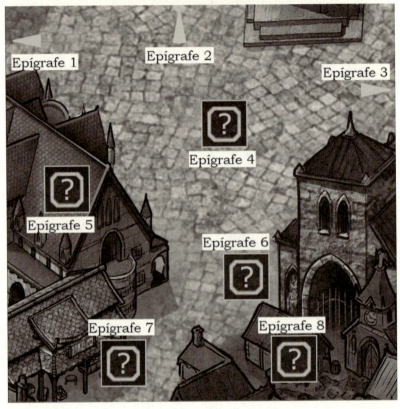

Epígrafe 1

Vas a abandonar esta zona del mapa. **Ve a GRÍES-19 en este libro.**

Epígrafe 2

Vas a abandonar esta zona del mapa. **Ve a GRÍES-28 en este libro.**

Epígrafe 3

Vas a abandonar esta zona. **Ve a GRÍES-21 en este libro.**

☐ Epígrafe 4

La amplia plaza de Gríes es el corazón de la ciudad. En ella confluyen gentes locales y visitantes, aunque estos últimos cada vez son menos por la peligrosidad de los caminos en los tiempos que corren.

- Si no tienes la pista CRON, **ve a la SECCIÓN 496 del librojuego**.
- Si ya tienes esa pista, **ve a la SECCIÓN 321 del librojuego.**

☐ Epígrafe 5

Esta es la 'Santa Delegación' en la ciudad de la cofradía religiosa de los 'Vigilantes de la Fe'. Bastantes personas deambulan entorno al magnífico edificio, uno de los más destacados de Gríes, sin duda alguna. Varios monjes sermonean a grupos de fieles y a quienes se acercan por mera curiosidad a escuchar (estos últimos, sobre todo, extranjeros).

- Si quieres intentar investigar algo acerca de todo esto, **ve a la SECCIÓN 351 del librojuego.**
- Si prefieres no hacerlo, **ve a la SECCIÓN 27 del librojuego.**

☐ Epígrafe 6

Cerca de la entrada de un templo, un grupo de fieles está escuchando el sermón de un clérigo que se enorgullece de ser miembro de los 'Vigilantes de la Fe', los verdaderos defensores del domatismo aquilano.

- Si quieres acercarte a escuchar el sermón, **ve a la SECCIÓN 638 del librojuego**.
- Si prefieres no hacerlo, **ve a la SECCIÓN 27 del librojuego.**

Epígrafe 7

Parece que hay jaleo en las inmediaciones de esa taberna... **Ve a la SECCIÓN 370 del librojuego**.

Epígrafe 8

Te llama la atención ver a un grupo de juvis por estos lares. No son los primeros con los que te topas en la ciudad, aunque hasta este momento no habías reparado en lo minoritarios que son en Gríes. Son seis en total y parecen estar esperando a alguien de su compañía que ha entrado en una vieja tienda de antigüedades.

- Si quieres acercarte a los juvis para conversar, **ve a la SECCIÓN 299 del librojuego**.

- Si prefieres entrar en la tienda de antigüedades para curiosear en ella, **ve a la SECCIÓN 172 del librojuego**.

- Si optas por abandonar la escena y continuar la marcha, marca con una "X" la casilla en blanco situada al lado del encabezado de este epígrafe para no leerlo de nuevo si regresas aquí. **Ve a otro Epígrafe**.

GRÍES-21

Antes de seguir leyendo, haz una tirada de encuentros. Lanza 2D6:

- **Si el resultado es menor que 7**, por desgracia, te topas con un grupo de soldados grobanos que patrullan la zona. Se trata de 1D6 enemigos con 1D6+2 Puntos de Combate cada uno y 25 PV todos ellos. Antes de seguir, lanza ya los dados pertinentes para determinar el número de enemigos y la fuerza de cada uno. Puedes evitarlos lanzando 2D6, sumando tu modificador de Huida y obteniendo un resultado de 9 o más. --- Puedes también disimular y evitar que sospechen de ti lanzando 2D6, sumando tu modificador de Carisma y obteniendo un resultado de 8 o más. --- Si fallas cualquiera de las dos anteriores tiradas o, si directamente así lo deseas, puedes intentar deshacerte de ellos luchando. ¡Decide qué haces y procede con las tiradas correspondientes!
  - SI HAS TENIDO QUE LUCHAR: Si has sido derrotado, pierdes 1 Punto de ThsuS para seguir adelante. Si has resultado vencedor, ganas 2D6 Puntos de Experiencia. No obstante, aún no ha pasado el peligro. Puede que el combate haya llamado la atención de más guardias... Vuelve a efectuar la tirada de encuentros con 2D6 indicada arriba.
  - SI NO HAS LUCHADO: Ganas 1D6 Puntos de Experiencia tras evitar a los guardias. Por último, gastas 0,5 Puntos de Movimiento para desplazarte a esta zona. ¡Anótalos en tu ficha y continúa con tu aventura! **Ve a la página siguiente de este libro**.

- **Si el resultado es igual o mayor que 7**, no sufres ningún encuentro indeseado. Gastas 0,5 Puntos de Movimiento para desplazarte a esta zona. ¡Anótalos en tu ficha y continúa con tu aventura! **Ve a la página siguiente de este libro.**

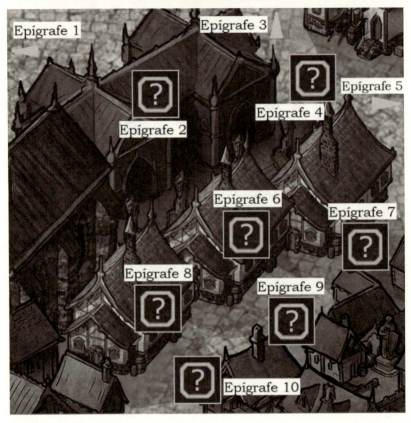

Epígrafe 1

Vas a abandonar esta zona del mapa. **Ve a GRÍES-20 en este libro.**

☐ Epígrafe 2

Este edificio mastodóntico te llama la atención. Varios monjes y creyentes merodean alrededor.

- Si tratas de averiguar algo más acerca de este sitio, **ve a la SECCIÓN 104 del librojuego.**

- Si prefieres continuar tu marcha, **ve a otro Epígrafe.**

Epígrafe 3

Vas a abandonar esta zona del mapa. **Ve a GRÍES-29 en este libro.**

☐Epígrafe 4

Marca con una "X" la casilla en blanco situada al lado del encabezado de este epígrafe para no leerlo de nuevo si regresas aquí. Esto es equivalente a marcar como ENCUENTRO COMPLETADO en la página web. Luego, sigue leyendo...

Una escuadra de soldados grobanos desfila en dirección a las puertas de la ciudad. Avanzan entre vítores y aplausos de algunos y el silencio más absoluto de otros, aunque todo el mundo se aparta a un lado y observa el espectáculo desde una distancia prudencial a ambos lados de la avenida. No hay otra cosa que puedas hacer aparte de ser un espectador más y constatar la altivez y seguridad que lucen esos militares que se dirigen al frente para seguir machacando a las tropas de tu país, que se baten en retirada. Suma 2D6 Ptos. Exp.

Epígrafe 5

Vas a abandonar esta zona del mapa. **Ve a GRÍES-22 en este libro.**

Epígrafe 6

Este edificio alberga una armería.
- Si entras en la tienda para ver qué armas están disponibles para la compra, **ve a la SECCIÓN 579 del librojuego.**
- Si prefieres continuar tu marcha, **ve a otro Epígrafe**.

☐ Epígrafe 7

Marca con una "X" la casilla en blanco situada al lado del encabezado de este epígrafe para no leerlo de nuevo si regresas aquí. Esto es equivalente a marcar como ENCUENTRO COMPLETADO en la página web. Luego, sigue leyendo...

Mercaderes y artesanos venidos a más tienen en esta calle sus negocios. Las fachadas de sus tiendas están bien cuidadas y se respira cierta prosperidad. Parece que esta clase social cobra fuerza en la ciudad de Gríes, como ocurre en algunas otras urbes de otros lares. Son ciudades en las que su ubicación, propicia para el comercio, ha hecho despegar a esta nueva casta floreciente para la preocupación de los viejos nobles. Gríes ha dominado durante mucho tiempo las vías terrestres que conectan el sur con el norte (y por tanto, a tu país Tirrana y las mercaderías del mar de Juva, con los ahora enemigos Grobes y Hermia), así como el este y el oeste (la Gomia de Wolmar con la lejana y occidental Valdesia, a través del Gran Camino del Paso). Todo lo dicho es una realidad, pero también lo es el hecho de que la actual guerra ha hecho menguar drásticamente el comercio por tierra entre naciones enfrentadas. Es por ello que Gríes, probablemente, esté viviendo una situación tensa al ver como decae su figura como núcleo comercial terrestre y que el Conde Hámon seguramente esté viendo cómo acelerar la conclusión del conflicto cuanto antes. Suma 1D6+3 P. Exp.

☐ Epígrafe 8

Un cartel sobre la puerta de esta construcción indica que se trata de la tienda de un taxidermista. Curioso negocio en el que se disecan todo tipo de bestias.
- Si tienes la pista GRRV, **ve a la SECCIÓN 592 del librojuego**.
- Si no tienes esa pista, de momento no consideras que haya algo de interés aquí. **Ve a otro Epígrafe.**

☐ Epígrafe 9

Dos mercaderes mantienen un intenso debate en mitad de la calle sin parecer importarles llamar la atención. Palabras sueltas como 'no podemos depender de Tirrana' o 'es urgente iniciar el proyecto, aunque nos lleve décadas' reclaman tu atención para intentar entender de qué hablan. Para evitar levantar sospechas, pones a tus oídos a trabajar desde cierta distancia. Lanza 2D6 y suma tu modificador de Percepción (si tienes la habilidad especial de Oído agudo, suma +2 extra):

- Si el resultado está entre 2 y 8, tendrás que conformarte con esos retazos sueltos que has oído. Marca con una "X" la casilla en blanco situada al lado del encabezado de este epígrafe para no leerlo de nuevo si regresas aquí. **Ve a otro Epígrafe**.
- Si está entre 9 y 12, **ve a la SECCIÓN 144 del librojuego.**

☐ Epígrafe 10

En la puerta de esta tienda ves al propietario que se lamenta mientras un vecino le consuela.
- Si te acercas a hablar con él, **ve a la SECCIÓN 537 del librojuego**.
- Si prefieres continuar tu marcha, **ve a otro Epígrafe.**

GRÍES-22

Antes de seguir leyendo, haz una tirada de encuentros. Lanza 2D6:

- **Si el resultado es menor que 3**, por desgracia, te topas con un grupo de soldados grobanos que patrullan la zona. Se trata de 1D6 enemigos con 1D6+2 Puntos de Combate cada uno y 25 PV todos ellos. Antes de seguir, lanza ya los dados pertinentes para determinar el número de enemigos y la fuerza de cada uno. Puedes evitarlos lanzando 2D6, sumando tu modificador de Huida y obteniendo un resultado de 9 o más. --- Puedes también disimular y evitar que sospechen de ti lanzando 2D6, sumando tu modificador de Carisma y obteniendo un resultado de 8 o más. --- Si fallas cualquiera de las dos anteriores tiradas o, si directamente así lo deseas, puedes intentar deshacerte de ellos luchando. ¡Decide qué haces y procede con las tiradas correspondientes!

  - SI HAS TENIDO QUE LUCHAR: Si has sido derrotado, pierdes 1 Punto de ThsuS para seguir adelante. Si has resultado vencedor, ganas 2D6 Puntos de Experiencia. No obstante, aún no ha pasado el peligro. Puede que el combate haya llamado la atención de más guardias... Vuelve a efectuar la tirada de encuentros con 2D6 indicada arriba.
  - SI NO HAS LUCHADO: Ganas 1D6 Puntos de Experiencia tras evitar a los guardias. Por último, gastas 0,5 Puntos de Movimiento para desplazarte a esta zona. ¡Anótalos en tu ficha y continúa con tu aventura! **Ve a la página siguiente de este libro**.

- **Si el resultado es igual o mayor que 3**, no sufres ningún encuentro indeseado. Gastas 0,5 Puntos de Movimiento para desplazarte a esta zona. ¡Anótalos en tu ficha y continúa con tu aventura! **Ve a la página siguiente de este libro.**

Epígrafe 1

Este edificio alberga una sucursal recientemente inaugurada del Banco Aquilano, la compañía financiera con más influencia política en territorio enemigo.

- Si entras en el edificio, **ve a la SECCIÓN 140 del librojuego**.
- Si prefieres continuar tu marcha, **ve a otro Epígrafe**.

Epígrafe 2

La posada del 'Grabbin Hermoso' se encuentra bien situada en esta avenida de entrada a la ciudad. Suele estar atestada de clientes y puede ser un buen lugar para averiguar rumores o simplemente para comer y descansar, siempre que no levantes sospechas entre ningún cliente.

- Si entras en la posada, **ve a la SECCIÓN 122 del librojuego**.
- Si prefieres continuar tu marcha, **ve a otro Epígrafe**.

Epígrafe 3

Vas a abandonar esta zona del mapa. **Ve a GRÍES-30 en este libro.**

☐Epígrafe 4

Marca con una "X" la casilla en blanco situada al lado del encabezado de este epígrafe para no leerlo de nuevo si regresas aquí. Esto es equivalente a marcar como ENCUENTRO COMPLETADO en la página web. Luego, sigue leyendo...

Dos monjes, cuyas túnicas lucen el emblema del domatismo en su rama aquilana y las letras 'V.F.' bordadas, caminan por la calzada con aires de superioridad flanqueados por cuatro tipos armados con aspecto de mercenarios. La gente se aparta a su paso con aparente temor. Decides hacer lo propio, ya que no es momento de correr riesgos innecesarios. Suma 10 P.Exp. **Ve a otro Epígrafe.**

Epígrafe 5

Vas a abandonar esta zona del mapa. **Ve a GRÍES-21 en este libro.**

☐Epígrafe 6

Un bardo entona una apasionada oda mientras hace sonar su viejo laúd.
- Si te acercas para escuchar la letra de la canción, **ve a la SECCIÓN 223 del librojuego.**
- Si prefieres continuar tu marcha, **ve a otro Epígrafe.**

Epígrafe 7

En plena avenida principal, en un punto de paso para todos aquellos que entran en la ciudad, un negro castigo sirve como aleccionamiento y aviso. Los cuerpos inertes de un hombre y una mujer de mediana edad cuelgan de sendas horcas. La visión es terrible. Una bienvenida verdaderamente macabra para todos los visitantes. La palabra 'herejes' luce inquisitoria en un tablón de madera a los pies de los cadáveres, junto al emblema de quienes parecen haber sido los responsables de dar caza a esos dos ajusticiados y junto a las siglas 'V.F.'. Tienes que hacer uso de todo tu autocontrol para dominar las arcadas que sientes.

- Si quieres preguntar a alguno de los viandantes acerca de ese emblema y esas siglas mostrando tu desconocimiento del asunto por ser un forastero más que visita la urbe, **ve a la SECCIÓN 42 del librojuego**.

- Si optas por alejarte del lugar antes de que tus arcadas te superen, **ve a otro Epígrafe.**

Epígrafe 8

En esta dirección se encuentra la puerta de Gríes. Antes de abandonar la ciudad, repasas mentalmente tus objetivos y su grado de cumplimiento. Era vital enviar la urgente carta al padre de Wolmar (si lo has conseguido, tendrás anotada la pista MISV). Igualmente era necesario canjear el documento bancario de tu compañero por coronas de oro con las que financiar el resto del viaje (si lo has conseguido, tendrás anotada la pista BANC). Finalmente, también era recomendable recabar cuantos más rumores fuese posible a lo largo de vuestra exploración de la urbe.

En cualquier caso, tuya es la decisión de abandonar o no ahora la ciudad de Gríes para regresar o no más adelante a ella.

- Si quieres abandonar la ciudad, **ve a GRÍES-23 en este libro.**

- Si optas por seguir explorándola, **ve a otro Epígrafe.**

Epígrafe 9

Esta tienda es una vieja librería que seguramente esconde códices antiguos repletos de saber.

- Si tienes la pista GRRV, **ve a la SECCIÓN 493 del librojuego**.

- Si no tienes esa pista, el negocio está cerrado y no puedes hacer nada aquí. **Ve a otro Epígrafe.**

GRÍES-23

Antes de seguir leyendo, haz una tirada de encuentros. Lanza 2D6:

- **Si el resultado es menor que 3**, por desgracia, te topas con un grupo de soldados grobanos que patrullan la zona. Se trata de 1D6 enemigos con 1D6+2 Puntos de Combate cada uno y 25 PV todos ellos. Antes de seguir, lanza ya los dados pertinentes para determinar el número de enemigos y la fuerza de cada uno. Puedes evitarlos lanzando 2D6, sumando tu modificador de Huida y obteniendo un resultado de 9 o más. --- Puedes también disimular y evitar que sospechen de ti lanzando 2D6, sumando tu modificador de Carisma y obteniendo un resultado de 8 o más. --- Si fallas cualquiera de las dos anteriores tiradas o, si directamente así lo deseas, puedes intentar deshacerte de ellos luchando. ¡Decide qué haces y procede con las tiradas correspondientes!
    - SI HAS TENIDO QUE LUCHAR: Si has sido derrotado, pierdes 1 Punto de ThsuS para seguir adelante. Si has resultado vencedor, ganas 2D6 Puntos de Experiencia. No obstante, aún no ha pasado el peligro. Puede que el combate haya llamado la atención de más guardias... Vuelve a efectuar la tirada de encuentros con 2D6 indicada arriba.
    - SI NO HAS LUCHADO: Ganas 1D6 Puntos de Experiencia tras evitar a los guardias. Por último, gastas 0,5 Puntos de Movimiento para desplazarte a esta zona. ¡Anótalos en tu ficha y continúa con tu aventura! **Ve a la página siguiente de este libro**.

- **Si el resultado es igual o mayor que 3**, no sufres ningún encuentro indeseado. Gastas 0,5 Puntos de Movimiento para desplazarte a esta zona. ¡Anótalos en tu ficha y continúa con tu aventura! **Ve a la página siguiente de este libro.**

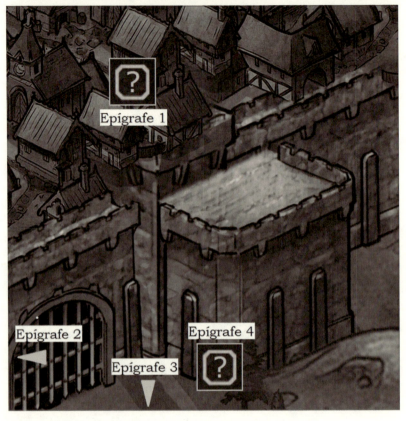

Epígrafe 1

Detrás de las elevadas murallas se encuentran las calles de Gríes. Tienes que lograr atravesar la puerta de la ciudad para poder explorarla. **Ve a otro Epígrafe.**

Epígrafe 2

- Solo si tienes la pista ENTR, puedes entrar a la ciudad. **Ve a GRÍES-23 en este libro.**
- Si no tienes esa pista, necesitas obtener algún salvoconducto o buscar alguna forma para pasar. **Ve a otro Epígrafe.**

Epígrafe 3

Vas a abandonar esta zona del mapa. **Ve a GRÍES-15 en este libro.**

☐Epígrafe 4

La puerta de la ciudad de Gríes está ahí delante. Está verdaderamente fortificada y es toda una obra de ingeniería. Por unos momentos, olvidas tu misión mientras contemplas la construcción impactado. El acceso consta de sendas estructuras metálicas elevadizas de un tamaño descomunal que se controlan desde los torreones ubicados a sus flancos. Una tercera puerta, de madera noble de doble hoja, se encuentra detrás de las dos barreras anteriores. Además, constatas que una notable guarnición protege esta entrada de la ciudad. Por todo ello, es más que evidente que resultaría imposible penetrar en Gríes a las bravas...
- Si tienes el RUMOR T, **ve a la SECCIÓN 298 del librojuego**.
- Si no tienes ese RUMOR T, **ve a la SECCIÓN 668 del librojuego**.

GRÍES-24

Antes de seguir leyendo, haz una tirada de encuentros. Lanza 2D6:

- **Si el resultado es menor que 4**, por desgracia, te topas con un grupo de soldados grobanos que patrullan la zona. Se trata de 1D6 enemigos con 1D6+2 Puntos de Combate cada uno y 25 PV todos ellos. Antes de seguir, lanza ya los dados pertinentes para determinar el número de enemigos y la fuerza de cada uno. Puedes evitarlos lanzando 2D6, sumando tu modificador de Huida y obteniendo un resultado de 9 o más. --- Puedes también disimular y evitar que sospechen de ti lanzando 2D6, sumando tu modificador de Carisma y obteniendo un resultado de 8 o más. --- Si fallas cualquiera de las dos anteriores tiradas o, si directamente así lo deseas, puedes intentar deshacerte de ellos luchando. ¡Decide qué haces y procede con las tiradas correspondientes!
    - SI HAS TENIDO QUE LUCHAR: Si has sido derrotado, pierdes 1 Punto de ThsuS para seguir adelante. Si has resultado vencedor, ganas 2D6 Puntos de Experiencia. No obstante, aún no ha pasado el peligro. Puede que el combate haya llamado la atención de más guardias... Vuelve a efectuar la tirada de encuentros con 2D6 indicada arriba.
    - SI NO HAS LUCHADO: Ganas 1D6 Puntos de Experiencia tras evitar a los guardias. Por último, gastas 0,5 Puntos de Movimiento para desplazarte a esta zona. ¡Anótalos en tu ficha y continúa con tu aventura! **Ve a la página siguiente de este libro**.

- **Si el resultado es igual o mayor que 4**, no sufres ningún encuentro indeseado. Gastas 0,5 Puntos de Movimiento para desplazarte a esta zona. ¡Anótalos en tu ficha y continúa con tu aventura! **Ve a la página siguiente de este libro.**

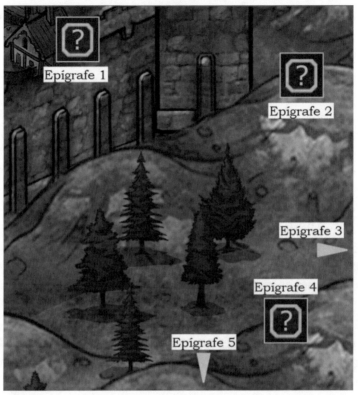

Epígrafe 1

Sabes que, detrás de esas elevadas murallas, se encuentran las calles de Gríes. Desde esta posición constatas que son inalcanzables. Debes encontrar la puerta de la ciudad para poder explorarla. **Ve a otro Epígrafe.**

☐ Epígrafe 2

Marca con una "X" la casilla en blanco situada al lado del encabezado de este epígrafe para no leerlo de nuevo si regresas aquí. Esto es equivalente a marcar como ENCUENTRO COMPLETADO en la página web. Luego, sigue leyendo...

Un terreno baldío repleto de colinas se extiende hacia el norte en esta parte extramuros de la ciudad. No merece la pena avanzar en esa dirección. Gastas 1 Punto de Movimiento adicional. **Ve a otro Epígrafe.**

Epígrafe 3

Esta es una de las salidas para dejar atrás la ciudad de Gríes y sus alrededores. Si deseas abandonar la exploración de Gríes y sus alrededores vuelve al mapa hexagonal y sigue explorándolo encaminándote o a la casilla ubicada al sureste o a la casilla ubicada al noreste. Es decir, en el mapa principal tendrás que ir obligatoriamente a la casilla hexagonal ubicada abajo a la derecha o a la casilla hexagonal ubicada arriba a la derecha de la que te encuentras. Considera que tu compañía queda reagrupada y vuelves a contar con todos los compañeros que dejasteis fuera de Gríes a la espera de que Wolmar y tú regresaseis. Ten todo esto presente y toma nota si lo necesitas. Si no quieres abandonar Gríes y sus alrededores, sigue aquí y explora otro epígrafe.

Epígrafe 4

Lanza 2D6 y suma tu modificador de Percepción (si tienes la habilidad especial de Rastreo y/o de Vista Aguda, suma +1 extra por cada una de ellas):
- Si el resultado está entre 2 y 7, no encuentras nada de especial interés y gastas 1 Punto de Movimiento adicional. **Ve a otro Epígrafe.**
- Si está entre 8 y 12, **ve a la SECCIÓN 583 del librojuego**.

Epígrafe 5

Vas a abandonar esta zona. **Ve a GRÍES-16 en este libro.**

GRÍES-25

Antes de seguir leyendo, haz una tirada de encuentros. Lanza 2D6:

- **Si el resultado es menor que 5**, por desgracia, te topas con un grupo de soldados grobanos que patrullan la zona. Se trata de 1D6 enemigos con 1D6+2 Puntos de Combate cada uno y 25 PV todos ellos. Antes de seguir, lanza ya los dados pertinentes para determinar el número de enemigos y la fuerza de cada uno. Puedes evitarlos lanzando 2D6, sumando tu modificador de Huida y obteniendo un resultado de 9 o más. --- Puedes también disimular y evitar que sospechen de ti lanzando 2D6, sumando tu modificador de Carisma y obteniendo un resultado de 8 o más. --- Si fallas cualquiera de las dos anteriores tiradas o, si directamente así lo deseas, puedes intentar deshacerte de ellos luchando. ¡Decide qué haces y procede con las tiradas correspondientes!
    - SI HAS TENIDO QUE LUCHAR: Si has sido derrotado, pierdes 1 Punto de ThsuS para seguir adelante. Si has resultado vencedor, ganas 2D6 Puntos de Experiencia. No obstante, aún no ha pasado el peligro. Puede que el combate haya llamado la atención de más guardias... Vuelve a efectuar la tirada de encuentros con 2D6 indicada arriba.
    - SI NO HAS LUCHADO: Ganas 1D6 Puntos de Experiencia tras evitar a los guardias. Por último, gastas 0,5 Puntos de Movimiento para desplazarte a esta zona. ¡Anótalos en tu ficha y continúa con tu aventura! **Ve a la página siguiente de este libro**.

- **Si el resultado es igual o mayor que 5**, no sufres ningún encuentro indeseado. Gastas 0,5 Puntos de Movimiento para desplazarte a esta zona. ¡Anótalos en tu ficha y continúa con tu aventura! **Ve a la página siguiente de este libro.**

Epígrafe 1

Un mendigo malvive aquí en la mayor de las miserias. Su hogar es la calle y su única compañía es la de un perro tan delgado y lastimoso como él.

- Si quieres darle una limosna, **ve a la SECCIÓN 705 del librojuego**.
- Si prefieres no hacerlo, **ve a otro Epígrafe**.

Epígrafe 2

Vas a abandonar esta zona. **<u>Ve a GRÍES-17 en este libro.</u>**

☐ Epígrafe 3

Deambulas por las callejuelas sucias de esta zona de la ciudad, mientras tu mente regresa a tu hogar, a tu gente... y a ella. La melancolía gana peso dentro de ti, por lo que tratas de vencerla. **Ve a la SECCIÓN 480 del librojuego.**

☐ Epígrafe 4

Una deteriorada estatua de un antiguo guerrero. Trazas de mineral de pirita se aprecian en su horadada base.
- Si tienes la pista GRRV, **ve a la SECCIÓN 451 del librojuego.**
- Si no tienes esa pista, de momento no consideras que haya algo de interés aquí. **Ve a otro Epígrafe.**

Epígrafe 5

Vas a abandonar esta zona del mapa. **<u>Ve a GRÍES-26 en este libro.</u>**

GRÍES-26

Antes de seguir leyendo, haz una tirada de encuentros. Lanza 2D6:

- **Si el resultado es menor que 8**, por desgracia, te topas con un grupo de soldados grobanos que patrullan la zona. Se trata de 1D6 enemigos con 1D6+2 Puntos de Combate cada uno y 25 PV todos ellos. Antes de seguir, lanza ya los dados pertinentes para determinar el número de enemigos y la fuerza de cada uno. Puedes evitarlos lanzando 2D6, sumando tu modificador de Huida y obteniendo un resultado de 9 o más. --- Puedes también disimular y evitar que sospechen de ti lanzando 2D6, sumando tu modificador de Carisma y obteniendo un resultado de 8 o más. --- Si fallas cualquiera de las dos anteriores tiradas o, si directamente así lo deseas, puedes intentar deshacerte de ellos luchando. ¡Decide qué haces y procede con las tiradas correspondientes!
    - SI HAS TENIDO QUE LUCHAR: Si has sido derrotado, pierdes 1 Punto de ThsuS para seguir adelante. Si has resultado vencedor, ganas 2D6 Puntos de Experiencia. No obstante, aún no ha pasado el peligro. Puede que el combate haya llamado la atención de más guardias... Vuelve a efectuar la tirada de encuentros con 2D6 indicada arriba.
    - SI NO HAS LUCHADO: Ganas 1D6 Puntos de Experiencia tras evitar a los guardias. Por último, gastas 0,5 Puntos de Movimiento para desplazarte a esta zona. ¡Anótalos en tu ficha y continúa con tu aventura! <u>**Ve a la página siguiente de este libro**</u>.

- **Si el resultado es igual o mayor que 8**, no sufres ningún encuentro indeseado. Gastas 0,5 Puntos de Movimiento para desplazarte a esta zona. ¡Anótalos en tu ficha y continúa con tu aventura! <u>**Ve a la página siguiente de este libro.**</u>

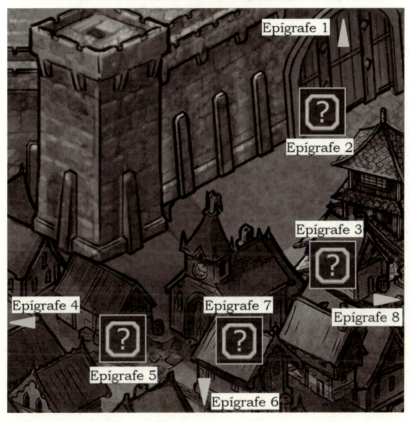

☐ Epígrafe 1

Marca con una "X" la casilla en blanco situada al lado del encabezado de este epígrafe para no leerlo de nuevo si regresas aquí. Esto es equivalente a marcar como ENCUENTRO COMPLETADO en la página web. Luego, sigue leyendo...

El acceso a la Fortaleza Interior de la ciudad está restringido. Los centinelas que guardan la enorme puerta lucen llamativos uniformes y ostentan robustas armaduras. Es imposible salvar este escollo. No puedes penetrar dentro, por lo menos, desde esta situación en la que te encuentras... **Ve a otro Epígrafe.**

☐ Epígrafe 2

Marca con una "X" la casilla en blanco situada al lado del encabezado de este epígrafe para no leerlo de nuevo si regresas aquí. Esto es equivalente a marcar como ENCUENTRO COMPLETADO en la página web. Luego, sigue leyendo...

El acceso a la Fortaleza Interior de la ciudad está restringido a un selecto grupo de personas. Descubres que, tras esos enormes muros, hay un majestuoso palacete rodeado de magníficos jardines donde el Conde de Gríes tiene su residencia y desde donde ejerce el gobierno de sus tierras. La misma guardia personal del Conde se encarga de proteger el recinto. Los centinelas que guardan la enorme puerta lucen llamativos uniformes y ostentan robustas armaduras. Es imposible salvar este escollo. No puedes penetrar dentro, por lo menos, desde esta situación en la que te encuentras...

Tras unos momentos de bloqueo, decides continuar tu camino, aunque una sensación de angustia te golpea al ser consciente de que, a solo unos metros de ti, se encuentra uno de los hombres más poderosos del enemigo. Una pieza de peso dentro del bando aquilano en esta guerra que asola a tu patria y que pone en peligro a tu querida familia. Suma 8 Puntos de Experiencia y anota el RUMOR AE.

Epígrafe 3

Las letras grabadas en el cartel de madera que cuelga sobre la puerta de esta casa dejan bien claro que se trata de la consulta de un sanador.
- Si quieres entrar en el establecimiento, **ve a la SECCIÓN 383 del librojuego**.
- Si prefieres no hacerlo, tomas buena nota de su ubicación por si fuera de utilidad más adelante y retomas tu marcha. **Ve a otro Epígrafe.**

Epígrafe 4

Vas a abandonar esta zona. **Ve a GRÍES-25 en este libro.**

☐ Epígrafe 5

Marca con una "X" la casilla en blanco situada al lado del encabezado de este epígrafe para no leerlo de nuevo si regresas aquí. Esto es equivalente a marcar como ENCUENTRO COMPLETADO en la página web. Luego, sigue leyendo...

Entre las cajas amontonadas al lado de esa casa, aparentemente sin habitar, encuentras una antorcha y una cuerda. Anótalas en tu ficha en caso de considerarlo necesario.

Epígrafe 6

Vas a abandonar esta zona. **Ve a GRÍES-18 en este libro.**

☐Epígrafe 7

Te cruzas con un agricultor de paso por la ciudad. El hombre tira personalmente de una carreta de dos ruedas en la que lleva hortalizas y un par de cabras atadas a la parte trasera.

- Si te acercas al hombre para comprarle algo de leche o alimentos, **ve a la SECCIÓN 62 del librojuego**.

- Si prefieres no hacerlo, marca con una "X" la casilla en blanco situada al lado del encabezado de este epígrafe para no leerlo de nuevo si regresas aquí. **Ve a otro Epígrafe.**

Epígrafe 8

Vas a abandonar esta zona. **Ve a GRÍES-27 en este libro.**

GRÍES-27

Antes de seguir leyendo, haz una tirada de encuentros. Lanza 2D6:

- **Si el resultado es menor que 7,** por desgracia, te topas con un grupo de soldados grobanos que patrullan la zona. Se trata de 1D6 enemigos con 1D6+2 Puntos de Combate cada uno y 25 PV todos ellos. Antes de seguir, lanza ya los dados pertinentes para determinar el número de enemigos y la fuerza de cada uno. Puedes evitarlos lanzando 2D6, sumando tu modificador de Huida y obteniendo un resultado de 9 o más. --- Puedes también disimular y evitar que sospechen de ti lanzando 2D6, sumando tu modificador de Carisma y obteniendo un resultado de 8 o más. --- Si fallas cualquiera de las dos anteriores tiradas o, si directamente así lo deseas, puedes intentar deshacerte de ellos luchando. ¡Decide qué haces y procede con las tiradas correspondientes!
  - SI HAS TENIDO QUE LUCHAR: Si has sido derrotado, pierdes 1 Punto de ThsuS para seguir adelante. Si has resultado vencedor, ganas 2D6 Puntos de Experiencia. No obstante, aún no ha pasado el peligro. Puede que el combate haya llamado la atención de más guardias... Vuelve a efectuar la tirada de encuentros con 2D6 indicada arriba.
  - SI NO HAS LUCHADO: Ganas 1D6 Puntos de Experiencia tras evitar a los guardias. Por último, gastas 0,5 Puntos de Movimiento para desplazarte a esta zona. ¡Anótalos en tu ficha y continúa con tu aventura! <u>Ve a la página siguiente de este libro</u>.

- **Si el resultado es igual o mayor que 7,** no sufres ningún encuentro indeseado. Gastas 0,5 Puntos de Movimiento para desplazarte a esta zona. ¡Anótalos en tu ficha y continúa con tu aventura! <u>**Ve a la página siguiente de este libro.**</u>

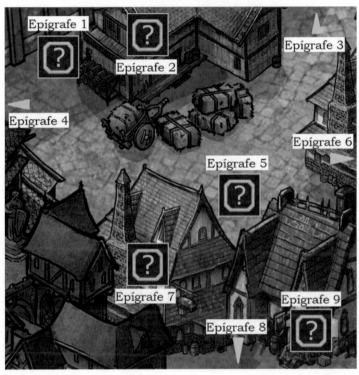

☐ Epígrafe 1

Marca con una "X" la casilla en blanco situada al lado del encabezado de este epígrafe para no leerlo de nuevo si regresas aquí. Esto es equivalente a marcar como ENCUENTRO COMPLETADO en la página web. Luego, sigue leyendo...

Un transeúnte te confirma que estás muy cerca de la entrada a la Fortaleza Interior de la ciudad, lugar donde se emplaza la residencia del Conde Hámon de Gríes. El hombre con el que intercambias esas palabras se muestra hablador y poco inclinado a sospechar de vuestro acento forastero. Se trata de un soldado retirado y se muestra contrariado con las luchas de poder existentes por el dominio comercial de Grobes. Añora la tradicional pujanza de la clase castrense y del código militar que él ha seguido durante tantos años. Lamenta que ahora primen más los intereses de esa casta emergente que se encarga del lucrativo arte del comercio y los negocios. Suma 8 Puntos de Experiencia y anota el RUMOR AG. **Ve a otro Epígrafe.**

☐ Epígrafe 2

Esta construcción alberga un almacén de suministros de primera necesidad. Las existencias se amontonan tanto en su interior como fuera del recinto. Alimentos, bebidas y otros bienes son gestionados por un numeroso grupo de jóvenes mozos siempre bajo la vigilancia estricta de sus exigentes capataces. Cuatro soldados grobanos vigilan el lugar para garantizar la seguridad del mismo. Precisamente estos militares están inmersos en una conversación que quizás interese espiar...

- Si intentas escucharlos, **ve a la SECCIÓN 459 del librojuego.**
- Si prefieres no hacerlo, **ve a otro Epígrafe.**

Epígrafe 3

Vas a abandonar esta zona. **Ve a GRÍES-35 en este libro.**

Epígrafe 4

Vas a abandonar esta zona. **Ve a GRÍES-26 en este libro.**

☐ Epígrafe 5

Marca con una "X" la casilla en blanco situada al lado del encabezado de este epígrafe para no leerlo de nuevo si regresas aquí. Esto es equivalente a marcar como ENCUENTRO COMPLETADO en la página web. Luego, sigue leyendo...

Avanzas comentando en voz baja con Wolmar los próximos pasos a seguir cuando, de pronto, sucede algo de lo más inesperado... **Ve a la SECCIÓN 753 del librojuego.**

Epígrafe 6

Vas a abandonar esta zona del mapa. **Ve a GRÍES-28 en este libro.**

Epígrafe 7

Este edificio de tamaño considerable alberga una bulliciosa posada con servicio de taberna donde los huéspedes y visitantes hacen vida social y disfrutan de su estancia. La puerta de la misma está cerrada, pero escuchas el griterío de la multitud y la música de algún juglar que ameniza la velada. Hasta ti llega el irresistible olor a comida recién preparada y a buena cerveza. A pesar del murmullo, oyes el ruido de las tripas famélicas de Wolmar.
- Si quieres entrar en el establecimiento, **ve a la SECCIÓN 588 del librojuego**.
- Si prefieres no hacerlo, **ve a otro Epígrafe**.

Epígrafe 8

Vas a abandonar esta zona del mapa. **Ve a GRÍES-19 en este libro.**

Epígrafe 9

En esta esquina encuentras una carretilla, varios barriles y unas pocas cajas sin aparente vigilancia. Hasta ti llega el olor a comida recién hecha y alcohol y el sonido del bullicio propio de una posada con servicio de taberna. Quizás estés en la parte trasera de ese establecimiento. La tentación de hurgar entre esos objetos amontonados y sin custodia es elevada...
- Si quieres examinar las cajas y barriles con la idea de conseguir algo de interés, **ve a la SECCIÓN 421 del librojuego**.
- Si crees que es más prudente no hacerlo, **ve** a otro Epígrafe.

GRÍES-28

Antes de seguir leyendo, haz una tirada de encuentros. Lanza 2D6:

- **Si el resultado es menor que 7**, por desgracia, te topas con un grupo de soldados grobanos que patrullan la zona. Se trata de 1D6 enemigos con 1D6+2 Puntos de Combate cada uno y 25 PV todos ellos. Antes de seguir, lanza ya los dados pertinentes para determinar el número de enemigos y la fuerza de cada uno. Puedes evitarlos lanzando 2D6, sumando tu modificador de Huida y obteniendo un resultado de 9 o más. --- Puedes también disimular y evitar que sospechen de ti lanzando 2D6, sumando tu modificador de Carisma y obteniendo un resultado de 8 o más. --- Si fallas cualquiera de las dos anteriores tiradas o, si directamente así lo deseas, puedes intentar deshacerte de ellos luchando. ¡Decide qué haces y procede con las tiradas correspondientes!
  - SI HAS TENIDO QUE LUCHAR: Si has sido derrotado, pierdes 1 Punto de ThsuS para seguir adelante. Si has resultado vencedor, ganas 2D6 Puntos de Experiencia. No obstante, aún no ha pasado el peligro. Puede que el combate haya llamado la atención de más guardias... Vuelve a efectuar la tirada de encuentros con 2D6 indicada arriba.
  - SI NO HAS LUCHADO: Ganas 1D6 Puntos de Experiencia tras evitar a los guardias. Por último, gastas 0,5 Puntos de Movimiento para desplazarte a esta zona. ¡Anótalos en tu ficha y continúa con tu aventura! **Ve a la página siguiente de este libro**.

- **Si el resultado es igual o mayor que 7**, no sufres ningún encuentro indeseado. Gastas 0,5 Puntos de Movimiento para desplazarte a esta zona. ¡Anótalos en tu ficha y continúa con tu aventura! **Ve a la página siguiente de este libro.**

Epígrafe 1

Vas a abandonar esta zona del mapa. **Ve a GRÍES-36 en este libro.**

☐ Epígrafe 2

Este imponente edificio alberga la sede principal en la ciudad del Banco Aquilano, la compañía financiera con más influencia política en territorio enemigo.
- Si no tienes la pista BANC, **ve a la SECCIÓN 681 del librojuego**.
- Si ya tienes esa pista, **ve a la SECCIÓN 371 del librojuego**.

Epígrafe 3

En este edificio se encuentra la Casa de las Sociedades Marinas. Esta organización es una idea importada por los hebritas de la mercantil Hebria, en el Istmo de Bathalbar. Una nación recientemente anexionada por parte de los partidarios de Aquilán en esta gran guerra. **Ve a la SECCIÓN 711 del librojuego**.

Epígrafe 4

Vas a abandonar esta zona del mapa. **Ve a GRÍES-27 en este libro.**

Epígrafe 5

Ves un tablón de madera con anuncios de todo tipo y las correspondientes direcciones de contacto de los ofertantes. Puede haber algún tablón más como éste en otros puntos de la ciudad. Algunos curiosos se acercan a ver y tú eres uno de ellos. **Ve a la SECCIÓN 326 del librojuego**.

☐Epígrafe 6

Una gran estatua domina la plaza. **Ve a la SECCIÓN 102 del librojuego**.

Epígrafe 7

Vas a abandonar esta zona del mapa. **Ve a GRÍES-29 en este libro.**

Epígrafe 8

Vas a abandonar esta zona del mapa. **Ve a GRÍES-20 en este libro.**

GRÍES-29

Antes de seguir leyendo, haz una tirada de encuentros. Lanza 2D6:

- **Si el resultado es menor que 7**, por desgracia, te topas con un grupo de soldados grobanos que patrullan la zona. Se trata de 1D6 enemigos con 1D6+2 Puntos de Combate cada uno y 25 PV todos ellos. Antes de seguir, lanza ya los dados pertinentes para determinar el número de enemigos y la fuerza de cada uno. Puedes evitarlos lanzando 2D6, sumando tu modificador de Huida y obteniendo un resultado de 9 o más. --- Puedes también disimular y evitar que sospechen de ti lanzando 2D6, sumando tu modificador de Carisma y obteniendo un resultado de 8 o más. --- Si fallas cualquiera de las dos anteriores tiradas o, si directamente así lo deseas, puedes intentar deshacerte de ellos luchando. ¡Decide qué haces y procede con las tiradas correspondientes!
  - o SI HAS TENIDO QUE LUCHAR: Si has sido derrotado, pierdes 1 Punto de ThsuS para seguir adelante. Si has resultado vencedor, ganas 2D6 Puntos de Experiencia. No obstante, aún no ha pasado el peligro. Puede que el combate haya llamado la atención de más guardias... Vuelve a efectuar la tirada de encuentros con 2D6 indicada arriba.
  - o SI NO HAS LUCHADO: Ganas 1D6 Puntos de Experiencia tras evitar a los guardias. Por último, gastas 0,5 Puntos de Movimiento para desplazarte a esta zona. ¡Anótalos en tu ficha y continúa con tu aventura! **Ve a la página siguiente de este libro**.

- **Si el resultado es igual o mayor que 7**, no sufres ningún encuentro indeseado. Gastas 0,5 Puntos de Movimiento para desplazarte a esta zona. ¡Anótalos en tu ficha y continúa con tu aventura! **Ve a la página siguiente de este libro.**

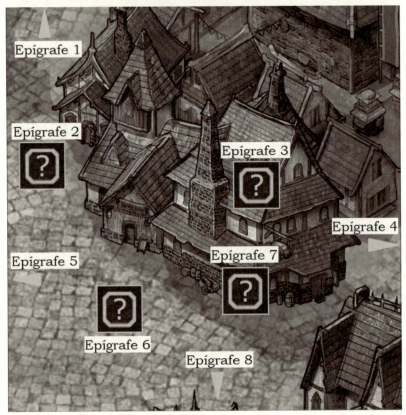

Epígrafe 1

Vas a abandonar esta zona del mapa. **Ve a GRÍES-37 en este libro.**

Epígrafe 2

Wolmar se para en seco de pronto y dirige su atención hacia dos hombres de armas que conversan al final de la plaza, en el punto donde una calle parte de ella hacia el norte. Es evidente que tu compañero está poniendo su oído a trabajar para

202

intentar entender qué están diciendo esos dos tipos. Enseguida comprendes qué ha llamado la atención de Wolmar. Esos dos individuos dialogan en una lengua cuyo acento no crees haber escuchado nunca.

- Son hermios y conversan en su cerrado dialecto. No acabo de comprender qué dicen, pero juraría que critican a sus aliados grobanos... - indica tu compañero sin añadir nada más.

Lanza 2D6 y suma tu modificador de Inteligencia (si tienes la habilidad especial de Don de lenguas, suma +4 extra):
- Si el resultado está entre 2 y 10, tendrás que conformarte con lo poco que ha averiguado Wolmar. Marca con una "X" la casilla en blanco situada al lado del encabezado de este epígrafe para no leerlo de nuevo si regresas aquí. **Ve a otro Epígrafe.**
- Si el resultado es de 11 o más, **ve a la SECCIÓN 205 del librojuego**.

☐ Epígrafe 3
- Si tienes la pista GRRV, **ve a la SECCIÓN 324 del librojuego**.
- Si no tienes esa pista, aún no tienes nada que hacer aquí. **Ve a otro Epígrafe.**

Epígrafe 4

Vas a abandonar esta zona del mapa. **Ve a GRÍES-30 en este libro.**

Epígrafe 5

Vas a abandonar esta zona del mapa. **Ve a GRÍES-28 en este libro.**

Epígrafe 6

Ves un tablón de madera con anuncios de todo tipo y las correspondientes direcciones de contacto de los ofertantes. Puede haber algún tablón más como éste en otros puntos de la ciudad. Algunos curiosos se acercan a ver y tú eres uno de ellos. **Ve a la SECCIÓN 326 del librojuego**.

☐ Epígrafe 7

El servicio de postas, diligencias y correspondencias tiene su sede administrativa en este edificio situado en un punto central de la ciudad. En este sitio se coordina buena parte de la mensajería y comunicaciones, así como la contratación de transportes por tierra a través de diligencias, pájaros y emisarios. Puede que sea el lugar más indicado para enviar la urgente carta al padre de Wolmar, el Lord de Gomia, en el caso de que aún no lo hayas hecho... **Ve a la SECCIÓN 768 del librojuego**.

Epígrafe 8

Vas a abandonar esta zona del mapa. **Ve a GRÍES-21 en este libro.**

GRÍES-30

Antes de seguir leyendo, haz una tirada de encuentros. Lanza 2D6:

- **Si el resultado es menor que 7**, por desgracia, te topas con un grupo de soldados grobanos que patrullan la zona. Se trata de 1D6 enemigos con 1D6+2 Puntos de Combate cada uno y 25 PV todos ellos. Antes de seguir, lanza ya los dados pertinentes para determinar el número de enemigos y la fuerza de cada uno. Puedes evitarlos lanzando 2D6, sumando tu modificador de Huida y obteniendo un resultado de 9 o más. --- Puedes también disimular y evitar que sospechen de ti lanzando 2D6, sumando tu modificador de Carisma y obteniendo un resultado de 8 o más. --- Si fallas cualquiera de las dos anteriores tiradas o, si directamente así lo deseas, puedes intentar deshacerte de ellos luchando. ¡Decide qué haces y procede con las tiradas correspondientes!
    - SI HAS TENIDO QUE LUCHAR: Si has sido derrotado, pierdes 1 Punto de ThsuS para seguir adelante. Si has resultado vencedor, ganas 2D6 Puntos de Experiencia. No obstante, aún no ha pasado el peligro. Puede que el combate haya llamado la atención de más guardias... Vuelve a efectuar la tirada de encuentros con 2D6 indicada arriba.
    - SI NO HAS LUCHADO: Ganas 1D6 Puntos de Experiencia tras evitar a los guardias. Por último, gastas 0,5 Puntos de Movimiento para desplazarte a esta zona. ¡Anótalos en tu ficha y continúa con tu aventura! **Ve a la página siguiente de este libro**.
- **Si el resultado es igual o mayor que 7**, no sufres ningún encuentro indeseado. Gastas 0,5 Puntos de Movimiento para desplazarte a esta zona. ¡Anótalos en tu ficha y continúa con tu aventura! **Ve a la página siguiente de este libro.**

☐ Epígrafe 1

Una rampa de mármol pulido, flanqueada por una estructura de columnas y ornamentos varios, da acceso a una de las construcciones más floridas de la ciudad: el Ayuntamiento y Casa del Alcaide. **Ve a la SECCIÓN 523 del librojuego**.

☐ Epígrafe 2

Un torrente incontrolable de emociones recorre tu cuerpo durante un onírico momento. Esa chica de tez morena que cruza la calle no es ella pero, por un instante, tus sentidos te han traicionado y te han transportado hasta donde sea que ahora esté. Aquella noche, muy lejos del frío norte en el que te encuentras...

- Si jugaste a los anteriores librojuegos de Térragom, **ve a la SECCIÓN 297 del librojuego**.

- Si no es así, suma 1D6 Ptos. Exp. y marca con una "X" la casilla en blanco situada al lado del encabezado de este epígrafe para no leerlo de nuevo si regresas aquí. **Ve a otro Epígrafe**.

Epígrafe 3

Vas a abandonar esta zona del mapa. **Ve a GRÍES-38 en este libro.**

Epígrafe 4

Vas a abandonar esta zona del mapa. **Ve a GRÍES-31 en este libro.**

Epígrafe 5

Vas a abandonar esta zona del mapa. **Ve a GRÍES-29 en este libro.**

☐ Epígrafe 6

Marca con una "X" la casilla en blanco situada al lado del encabezado de este epígrafe para no leerlo de nuevo si regresas aquí. Esto es equivalente a marcar como ENCUENTRO COMPLETADO en la página web. Luego, sigue leyendo...

Una cuadrilla de obreros de raza chipra está reformando esa acomodada casa. Su patrón es un grobano gruñón algo entrado en carnes. **Ve a la SECCIÓN 387 del librojuego.**

☐ Epígrafe 7

Deambular por una ciudad concurrida como es Gríes conlleva tener encuentros fortuitos no deseados como en el que, de pronto, te ves envuelto... **Ve a la SECCIÓN 649 del librojuego.**

Epígrafe 8

Vas a abandonar esta zona del mapa. **Ve a GRÍES-22 en este libro.**

GRÍES-31

Antes de seguir leyendo, haz una tirada de encuentros. Lanza 2D6:

- **Si el resultado es menor que 6**, por desgracia, te topas con un grupo de soldados grobanos que patrullan la zona. Se trata de 1D6 enemigos con 1D6+2 Puntos de Combate cada uno y 25 PV todos ellos. Antes de seguir, lanza ya los dados pertinentes para determinar el número de enemigos y la fuerza de cada uno. Puedes evitarlos lanzando 2D6, sumando tu modificador de Huida y obteniendo un resultado de 9 o más. --- Puedes también disimular y evitar que sospechen de ti lanzando 2D6, sumando tu modificador de Carisma y obteniendo un resultado de 8 o más. --- Si fallas cualquiera de las dos anteriores tiradas o, si directamente así lo deseas, puedes intentar deshacerte de ellos luchando. ¡Decide qué haces y procede con las tiradas correspondientes!
    - SI HAS TENIDO QUE LUCHAR: Si has sido derrotado, pierdes 1 Punto de ThsuS para seguir adelante. Si has resultado vencedor, ganas 2D6 Puntos de Experiencia. No obstante, aún no ha pasado el peligro. Puede que el combate haya llamado la atención de más guardias... Vuelve a efectuar la tirada de encuentros con 2D6 indicada arriba.
    - SI NO HAS LUCHADO: Ganas 1D6 Puntos de Experiencia tras evitar a los guardias. Por último, gastas 0,5 Puntos de Movimiento para desplazarte a esta zona. ¡Anótalos en tu ficha y continúa con tu aventura! **Ve a la página siguiente de este libro**.

- **Si el resultado es igual o mayor que 6**, no sufres ningún encuentro indeseado. Gastas 0,5 Puntos de Movimiento para desplazarte a esta zona. ¡Anótalos en tu ficha y continúa con tu aventura! **Ve a la página siguiente de este libro.**

Epígrafe 1

Este gran mausoleo guarda los restos de la figura más importante de la historia del país. Es curioso que, tratándose de alguien de tan gran calado a nivel nacional, su tumba no esté construida en la capital, sino en una ciudad fronteriza como ésta. **Ve a la SECCIÓN 498 del librojuego.**

Epígrafe 2

Vas a abandonar esta zona del mapa. **<u>Ve a GRÍES-39 en este libro.</u>**

☐ Epígrafe 3

Marca con una "X" la casilla en blanco situada al lado del encabezado de este epígrafe para no leerlo de nuevo si regresas aquí. Esto es equivalente a marcar como ENCUENTRO COMPLETADO en la página web. Luego, sigue leyendo...

Este edificio de arquitectura tan particular alberga las Embajadas de Hermia, Hebria y las Islas Jujava, países de la alianza de Aquilán muy involucrados en la guerra. Es evidente que lo mejor será mantenerte lejos. No sería bueno que alguno de los burócratas que deambulan entorno al edificio detectara vuestro acento. Suma 1D6 Ptos. Exp. **Ve a otro Epígrafe.**

Epígrafe 4

Vas a abandonar esta zona del mapa. **Ve a GRÍES-30 en este libro.**

☐ Epígrafe 5

Este magnífico edificio es la sede de la 'Casa de los Asuntos Exteriores', una institución del país que fue trasladada a esta ciudad desde su lugar de origen: Grobenheim, la capital de Grobes y lugar donde reside Aquilán y su corte. Ve a la SECCIÓN 399 del librojuego.

Epígrafe 6

Vas a abandonar esta zona del mapa. **Ve a GRÍES-32 en este libro.**

☐ Epígrafe 7

Marca con una "X" la casilla en blanco situada al lado del encabezado de este epígrafe para no leerlo de nuevo si regresas aquí. Esto es equivalente a marcar como ENCUENTRO COMPLETADO en la página web. Luego, sigue leyendo...

Un hombre claramente borracho lamenta su ruina entre lloros desconsolados. Es tal el escándalo que está montando que no tardan en acudir dos guardias de la ciudad para llevárselo. Entre sollozos, el desesperado tipo maldice al Banco Imperial, al Banco Aquilano y a todos los malditos prestamistas. Quizás las deudas con algunos de éstos habrán ahogado a ese individuo derrotado cuyos ropajes no son pobres, aunque sí están sucios y desgarrados, como su propietario. Suma 1D6 Ptos. Exp. **Ve a otro Epígrafe.**

☐ Epígrafe 8

Esta casa, aparentemente desocupada, te llama la atención. En su fachada está grabado un símbolo que representa lo que parece una luna atravesada verticalmente por una espada y dos letras: V.F.

Dicho grabado está acompañado por una palabra escrita en dialecto grobano, justo al pie. Lanza 2D6 y suma tu modificador de Inteligencia para descifrarlo (si tienes la habilidad especial de Don de lenguas, suma +3 extra):
- Si el resultado está entre 2 y 8, eso es todo lo que consigues averiguar. Marca con una "X" la casilla en blanco situada al lado del encabezado de este epígrafe para no leerlo de nuevo si regresas aquí. **Ve a otro Epígrafe**.
- Si está entre 9 y 12, **ve a la SECCIÓN 551 del librojuego.**

GRÍES-32

Antes de seguir leyendo, haz una tirada de encuentros. Lanza 2D6:

- **Si el resultado es menor que 5**, por desgracia, te topas con un grupo de soldados grobanos que patrullan la zona. Se trata de 1D6 enemigos con 1D6+2 Puntos de Combate cada uno y 25 PV todos ellos. Antes de seguir, lanza ya los dados pertinentes para determinar el número de enemigos y la fuerza de cada uno. Puedes evitarlos lanzando 2D6, sumando tu modificador de Huida y obteniendo un resultado de 9 o más. --- Puedes también disimular y evitar que sospechen de ti lanzando 2D6, sumando tu modificador de Carisma y obteniendo un resultado de 8 o más. --- Si fallas cualquiera de las dos anteriores tiradas o, si directamente así lo deseas, puedes intentar deshacerte de ellos luchando. ¡Decide qué haces y procede con las tiradas correspondientes!
    - SI HAS TENIDO QUE LUCHAR: Si has sido derrotado, pierdes 1 Punto de ThsuS para seguir adelante. Si has resultado vencedor, ganas 2D6 Puntos de Experiencia. No obstante, aún no ha pasado el peligro. Puede que el combate haya llamado la atención de más guardias... Vuelve a efectuar la tirada de encuentros con 2D6 indicada arriba.
    - SI NO HAS LUCHADO: Ganas 1D6 Puntos de Experiencia tras evitar a los guardias. Por último, gastas 0,5 Puntos de Movimiento para desplazarte a esta zona. ¡Anótalos en tu ficha y continúa con tu aventura! **Ve a la página siguiente de este libro**.

- **Si el resultado es igual o mayor que 5**, no sufres ningún encuentro indeseado. Gastas 0,5 Puntos de Movimiento para desplazarte a esta zona. ¡Anótalos en tu ficha y continúa con tu aventura! **Ve a la página siguiente de este libro.**

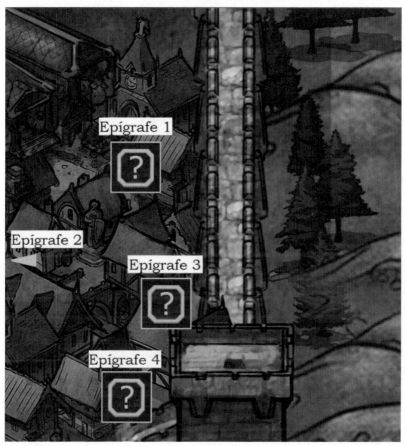

☐ Epígrafe 1

Marca con una "X" la casilla en blanco situada al lado del encabezado de este epígrafe para no leerlo de nuevo si regresas aquí. Esto es equivalente a marcar como ENCUENTRO COMPLETADO en la página web. Luego, sigue leyendo...

El aroma de una cena en curso te transporta a tu hogar. Tu cerebro te juega una mala pasada. La melancolía te invade y sientes unas ganas enormes de volver a ver a tu familia, a la

que dejaste atrás para embarcarte en esta peligrosa misión en la que tantas cosas están en juego. Esperas que todos estén bien y que tus acciones valgan para garantizar su seguridad, pues es cierto que el enemigo aquilano gana terreno de forma progresiva y podrían verse amenazadas las tierras que habitan tus seres queridos. Llenas tus pulmones tras un elocuente suspiro y asientes a Wolmar indicándole, sin necesidad de hablar, que estás dispuesto a seguir con vuestro cometido. Suma 8 P. Exp. **Ve a otro Epígrafe.**

Epígrafe 2

Vas a abandonar esta zona del mapa. **Ve a GRÍES-31 en este libro.**

Epígrafe 3

Esta tienda es una herboristería con decenas de remedios curativos.
- Si tienes la pista GRRV, **ve a la SECCIÓN 735 del librojuego**.
- Si no tienes esa pista, el negocio está cerrado y no puedes hacer nada aquí. **Ve a otro Epígrafe**.

Epígrafe 4

De la manera más inesperada y repentina, te ves inmerso en una rocambolesca escena... **Ve a la SECCIÓN 563 del librojuego**.

GRÍES-33

Antes de seguir leyendo, haz una tirada de encuentros. Lanza 2D6:

- **Si el resultado es menor que 7**, por desgracia, te topas con un grupo de soldados grobanos que patrullan la zona. Se trata de 1D6 enemigos con 1D6+2 Puntos de Combate cada uno y 25 PV todos ellos. Antes de seguir, lanza ya los dados pertinentes para determinar el número de enemigos y la fuerza de cada uno. Puedes evitarlos lanzando 2D6, sumando tu modificador de Huida y obteniendo un resultado de 9 o más. --- Puedes también disimular y evitar que sospechen de ti lanzando 2D6, sumando tu modificador de Carisma y obteniendo un resultado de 8 o más. --- Si fallas cualquiera de las dos anteriores tiradas o, si directamente así lo deseas, puedes intentar deshacerte de ellos luchando. ¡Decide qué haces y procede con las tiradas correspondientes!

    - SI HAS TENIDO QUE LUCHAR: Si has sido derrotado, pierdes 1 Punto de ThsuS para seguir adelante. Si has resultado vencedor, ganas 2D6 Puntos de Experiencia. No obstante, aún no ha pasado el peligro. Puede que el combate haya llamado la atención de más guardias... Vuelve a efectuar la tirada de encuentros con 2D6 indicada arriba.
    - SI NO HAS LUCHADO: Ganas 1D6 Puntos de Experiencia tras evitar a los guardias. Por último, gastas 0,5 Puntos de Movimiento para desplazarte a esta zona. ¡Anótalos en tu ficha y continúa con tu aventura! **Ve a la página siguiente de este libro**.

- **Si el resultado es igual o mayor que 7**, no sufres ningún encuentro indeseado. Gastas 0,5 Puntos de Movimiento para desplazarte a esta zona. ¡Anótalos en tu ficha y continúa con tu aventura! **Ve a la página siguiente de este libro.**

Epígrafe 1

Esta parte del recinto, con diferencia, es la más solitaria de todas. No ves apenas guardias ni sirvientes, aunque sí te llama la atención una joven pareja que está sentada en un banco tras unos setos. Te acercas con cuidado a investigarla... **Ve a la SECCIÓN 134 del librojuego**.

Epígrafe 2

Vas a abandonar esta zona del mapa. **Ve a GRÍES-34 en este libro.**

GRÍES-34

Antes de seguir leyendo, haz una tirada de encuentros. Lanza 2D6:

- **Si el resultado es menor que 8**, por desgracia, te topas con un grupo de soldados grobanos que patrullan la zona. Se trata de 1D6 enemigos con 1D6+2 Puntos de Combate cada uno y 25 PV todos ellos. Antes de seguir, lanza ya los dados pertinentes para determinar el número de enemigos y la fuerza de cada uno. Puedes evitarlos lanzando 2D6, sumando tu modificador de Huida y obteniendo un resultado de 9 o más. --- Puedes también disimular y evitar que sospechen de ti lanzando 2D6, sumando tu modificador de Carisma y obteniendo un resultado de 8 o más. --- Si fallas cualquiera de las dos anteriores tiradas o, si directamente así lo deseas, puedes intentar deshacerte de ellos luchando. ¡Decide qué haces y procede con las tiradas correspondientes!
    - SI HAS TENIDO QUE LUCHAR: Si has sido derrotado, pierdes 1 Punto de ThsuS para seguir adelante. Si has resultado vencedor, ganas 2D6 Puntos de Experiencia. No obstante, aún no ha pasado el peligro. Puede que el combate haya llamado la atención de más guardias... Vuelve a efectuar la tirada de encuentros con 2D6 indicada arriba.
    - SI NO HAS LUCHADO: Ganas 1D6 Puntos de Experiencia tras evitar a los guardias. Por último, gastas 0,5 Puntos de Movimiento para desplazarte a esta zona. ¡Anótalos en tu ficha y continúa con tu aventura! **Ve a la página siguiente de este libro**.

- **Si el resultado es igual o mayor que 8**, no sufres ningún encuentro indeseado. Gastas 0,5 Puntos de Movimiento para desplazarte a esta zona. ¡Anótalos en tu ficha y continúa con tu aventura! **Ve a la página siguiente de este libro.**

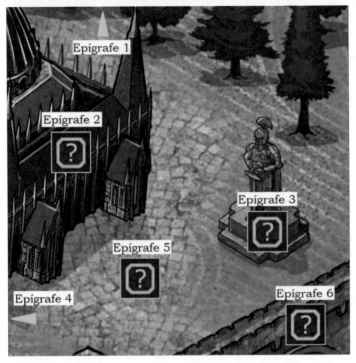

Epígrafe 1

Vas a abandonar esta zona. **Ve a GRÍES-42 en este libro.**

☐ Epígrafe 2

No puedes evitar admirar ese magnífico edificio durante unos segundos. Wolmar tiene algo que decirte acerca del mismo. **Ve a la SECCIÓN 720 del librojuego**.

☐ Epígrafe 3

Al pie de la imponente estatua ves a una llamativa pareja que ostenta lujosos ropajes y que conversa a pocos metros de un grupo de atentos guardias. Tu instinto te dice que debes acercarte... **Ve a la SECCIÓN 20 del librojuego**.

Epígrafe 4

Vas a abandonar esta zona. **Ve a GRÍES-33 en este libro.**

☐ Epígrafe 5

Wolmar y tú avanzáis con cuidado. El hecho de vestir libreas y haceros pasar por sirvientes no asegura que alguien os considere extraños. Te sientes desprotegido cuando, en mitad de la lujosa plaza, ves acercarse a una cuadrilla de limpiadoras encabezada por una mujer de edad madura y ojos penetrantes... **Ve a la SECCIÓN 354 del librojuego**.

Epígrafe 6

El inmenso portón es el único acceso 'oficial' al recinto. Más allá de él se encuentra la ciudad de Gríes. Dudas entre si ha llegado el momento de abandonar los jardines o si lo mejor es seguir con tu misión de infiltración. Las libreas que vestís os permitirán atravesar el portón sin problemas, dado que los guardias sobre todo vigilan a quienes tratan de entrar en el recinto y no tanto a quienes lo abandonan y más si portan ropajes con el emblema del Conde.

- Si quieres abandonar el recinto para entrar en la ciudad, ten presente que ya no podrás regresar en dirección inversa, pues seguramente vuestros ropajes ya no os sirvan para nada, ya que los cuerpos inconscientes de los dos pajes que habéis neutralizado habrán sido detectados por los guardias tras todo el tiempo transcurrido. Si quieres salir a pesar de lo dicho, **ve a GRÍES-26 en este libro.**

- Si prefieres seguir infiltrándote dentro del recinto, **ve a otro Epígrafe**.

GRÍES-35

Antes de seguir leyendo, haz una tirada de encuentros. Lanza 2D6:

- **Si el resultado es menor que 7**, por desgracia, te topas con un grupo de soldados grobanos que patrullan la zona. Se trata de 1D6 enemigos con 1D6+2 Puntos de Combate cada uno y 25 PV todos ellos. Antes de seguir, lanza ya los dados pertinentes para determinar el número de enemigos y la fuerza de cada uno. Puedes evitarlos lanzando 2D6, sumando tu modificador de Huida y obteniendo un resultado de 9 o más. --- Puedes también disimular y evitar que sospechen de ti lanzando 2D6, sumando tu modificador de Carisma y obteniendo un resultado de 8 o más. --- Si fallas cualquiera de las dos anteriores tiradas o, si directamente así lo deseas, puedes intentar deshacerte de ellos luchando. ¡Decide qué haces y procede con las tiradas correspondientes!
    - SI HAS TENIDO QUE LUCHAR: Si has sido derrotado, pierdes 1 Punto de ThsuS para seguir adelante. Si has resultado vencedor, ganas 2D6 Puntos de Experiencia. No obstante, aún no ha pasado el peligro. Puede que el combate haya llamado la atención de más guardias... Vuelve a efectuar la tirada de encuentros con 2D6 indicada arriba.
    - SI NO HAS LUCHADO: Ganas 1D6 Puntos de Experiencia tras evitar a los guardias. Por último, gastas 0,5 Puntos de Movimiento para desplazarte a esta zona. ¡Anótalos en tu ficha y continúa con tu aventura! <u>**Ve a la página siguiente de este libro**</u>.

- **Si el resultado es igual o mayor que 7**, no sufres ningún encuentro indeseado. Gastas 0,5 Puntos de Movimiento para desplazarte a esta zona. ¡Anótalos en tu ficha y continúa con tu aventura! <u>**Ve a la página siguiente de este libro.**</u>

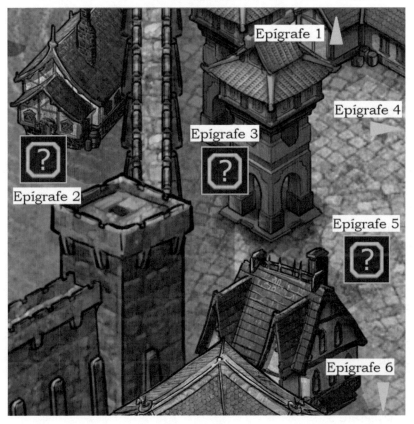

Epígrafe 1

Vas a abandonar esta zona del mapa. **Ve a GRÍES-43 en este libro.**

Epígrafe 2

Detrás de las elevadas murallas se esconde un recinto que tu curiosidad te impele a explorar. Por desgracia, desde aquí es imposible alcanzarlo. **Ve a otro Epígrafe.**

☐ Epígrafe 3

Dos torres de tres plantas coronadas por tejas rojas enmarcan la entrada a un recinto subterráneo que es mejor no pisar. Se trata de las cárceles de Gríes, un intrincado laberinto de pasillos con celdas del que se dice que es peor que una muerte en la horca. Como no deseas probar en tus pieles esas terribles sensaciones que ese macabro lugar puede provocar, abandonas rápidamente la escena con la esperanza de no haber llamado la atención de la patrulla de centinelas que vigila el perímetro de dicha entrada... **Ve a la SECCIÓN 623 del librojuego para comprobarlo...**

Epígrafe 4

Vas a abandonar esta zona del mapa. **Ve a GRÍES-36 en este libro.**

☐ Epígrafe 5

Media docena de soldados grobanos llevan consigo a dos presos ensangrentados. La comitiva marcha hacia dos edificios peculiares en forma de torre de tres plantas coronados por tejas rojas. **Ve a la SECCIÓN 758 del librojuego.**

Epígrafe 6

Vas a abandonar esta zona del mapa. **Ve a GRÍES-27 en este libro.**

GRÍES-36

Antes de seguir leyendo, haz una tirada de encuentros. Lanza 2D6:

- **Si el resultado es menor que 7**, por desgracia, te topas con un grupo de soldados grobanos que patrullan la zona. Se trata de 1D6 enemigos con 1D6+2 Puntos de Combate cada uno y 25 PV todos ellos. Antes de seguir, lanza ya los dados pertinentes para determinar el número de enemigos y la fuerza de cada uno. Puedes evitarlos lanzando 2D6, sumando tu modificador de Huida y obteniendo un resultado de 9 o más. --- Puedes también disimular y evitar que sospechen de ti lanzando 2D6, sumando tu modificador de Carisma y obteniendo un resultado de 8 o más. --- Si fallas cualquiera de las dos anteriores tiradas o, si directamente así lo deseas, puedes intentar deshacerte de ellos luchando. ¡Decide qué haces y procede con las tiradas correspondientes!
  - SI HAS TENIDO QUE LUCHAR: Si has sido derrotado, pierdes 1 Punto de ThsuS para seguir adelante. Si has resultado vencedor, ganas 2D6 Puntos de Experiencia. No obstante, aún no ha pasado el peligro. Puede que el combate haya llamado la atención de más guardias... Vuelve a efectuar la tirada de encuentros con 2D6 indicada arriba.
  - SI NO HAS LUCHADO: Ganas 1D6 Puntos de Experiencia tras evitar a los guardias. Por último, gastas 0,5 Puntos de Movimiento para desplazarte a esta zona. ¡Anótalos en tu ficha y continúa con tu aventura! **Ve a la página siguiente de este libro**.

- **Si el resultado es igual o mayor que 7**, no sufres ningún encuentro indeseado. Gastas 0,5 Puntos de Movimiento para desplazarte a esta zona. ¡Anótalos en tu ficha y continúa con tu aventura! **Ve a la página siguiente de este libro.**

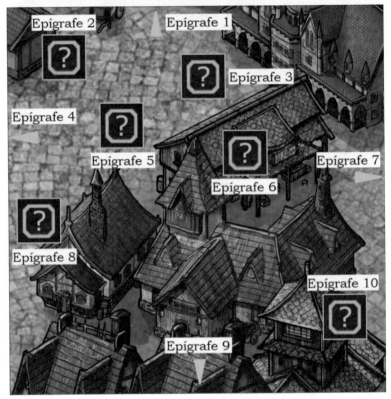

Epígrafe 1

Vas a abandonar esta zona. **Ve a GRÍES-44 en este libro.**

Epígrafe 2

Colgado en la fachada de esta casa aledaña al mercado de puestos ambulantes de la plaza, ves un tablón de madera con anuncios de todo tipo y las correspondientes direcciones de contacto de los ofertantes. Puede haber algún tablón más como éste en otros puntos de la ciudad. Algunos curiosos se acercan a ver y tú eres uno de ellos. **Ve a la SECCIÓN 326 del librojuego.**

Epígrafe 3

Uno de los vendedores ambulantes del pequeño mercado situado en esta plaza secundaria de la ciudad vende especias de todo tipo.

- Si tienes la pista GRRV, **ve a la SECCIÓN 163 del librojuego**.
- Si no tienes esa pista, de momento no consideras que haya algo de interés aquí. **Ve a otro Epígrafe**.

Epígrafe 4

Vas a abandonar esta zona del mapa. **Ve a GRÍES-35 en este libro.**

Epígrafe 5

Esta plaza está siempre ocupada por un mercado de vendedores ambulantes que acuden a la ciudad para comerciar con sus artículos. Aquí puedes encontrar todos los objetos del apartado de 'Inventario' del sistema de reglas del inicio del librojuego. Los precios, valor de carga y efectos en la partida de cada uno de ellos están indicados en la tabla del apartado mencionado. Puedes comprar todo lo que necesites cada vez que acudas aquí y, a continuación, **ve a otro Epígrafe.**

Epígrafe 6

Este edificio de gran tamaño alberga una bulliciosa posada con servicio de taberna, donde los huéspedes y visitantes hacen vida social y disfrutan de la estancia. Escuchas el sonido de la multitud que hay en su interior y hueles el irresistible olor a comida recién preparada, así como a vino y licores de todo

tipo. De ti depende si hacer parada aquí o seguir adelante sin descanso.

- Si quieres entrar en el establecimiento, **ve a la SECCIÓN 588 del librojuego**.

- Si prefieres no hacerlo, **ve a otro Epígrafe.**

Epígrafe 7

Vas a abandonar esta zona del mapa. **<u>Ve a GRÍES-37 en este libro.</u>**

Epígrafe 8

Caminas entre los puestos de venta del mercado de comerciantes ambulantes que hay en esta plaza cuando, aprovechando un momento de distracción por tu parte, un cortabolsas trata de robarte... **Ve a la SECCIÓN 678 del librojuego**.

Epígrafe 9

Vas a abandonar esta zona del mapa. **<u>Ve a GRÍES-28 en este libro.</u>**

Epígrafe 10

Esta construcción alberga a la conocida Escuela de Guerreros de Gríes.

- Si quieres entrar en ella para tratar de mejorar tus habilidades de combate, **ve a la SECCIÓN 433 del librojuego**.

- Si prefieres no hacerlo, **ve a otro Epígrafe.**

GRÍES-37

Antes de seguir leyendo, haz una tirada de encuentros. Lanza 2D6:

- **Si el resultado es menor que 6**, por desgracia, te topas con un grupo de soldados grobanos que patrullan la zona. Se trata de 1D6 enemigos con 1D6+2 Puntos de Combate cada uno y 25 PV todos ellos. Antes de seguir, lanza ya los dados pertinentes para determinar el número de enemigos y la fuerza de cada uno. Puedes evitarlos lanzando 2D6, sumando tu modificador de Huida y obteniendo un resultado de 9 o más. --- Puedes también disimular y evitar que sospechen de ti lanzando 2D6, sumando tu modificador de Carisma y obteniendo un resultado de 8 o más. --- Si fallas cualquiera de las dos anteriores tiradas o, si directamente así lo deseas, puedes intentar deshacerte de ellos luchando. ¡Decide qué haces y procede con las tiradas correspondientes!
  - SI HAS TENIDO QUE LUCHAR: Si has sido derrotado, pierdes 1 Punto de ThsuS para seguir adelante. Si has resultado vencedor, ganas 2D6 Puntos de Experiencia. No obstante, aún no ha pasado el peligro. Puede que el combate haya llamado la atención de más guardias... Vuelve a efectuar la tirada de encuentros con 2D6 indicada arriba.
  - SI NO HAS LUCHADO: Ganas 1D6 Puntos de Experiencia tras evitar a los guardias. Por último, gastas 0,5 Puntos de Movimiento para desplazarte a esta zona. ¡Anótalos en tu ficha y continúa con tu aventura! **Ve a la página siguiente de este libro**.

- **Si el resultado es igual o mayor que 6**, no sufres ningún encuentro indeseado. Gastas 0,5 Puntos de Movimiento para desplazarte a esta zona. ¡Anótalos en tu ficha y continúa con tu aventura! **Ve a la página siguiente de este libro.**

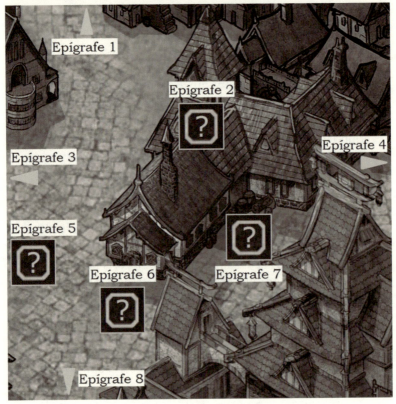

Epígrafe 1

Vas a abandonar esta zona del mapa. **Ve a GRÍES-45 en este libro.**

Epígrafe 2

Este edificio de gran tamaño alberga una bulliciosa posada con servicio de taberna, donde los huéspedes y visitantes hacen vida social y disfrutan de la estancia. Escuchas el sonido de la multitud que hay en su interior y hueles el irresistible olor a comida recién preparada, así como a vino y licores de todo

tipo. De ti depende si hacer parada aquí o seguir adelante sin descanso.

- Si quieres entrar en el establecimiento, **ve a la SECCIÓN 588 del librojuego**.

- Si prefieres no hacerlo, **ve a otro Epígrafe**.

Epígrafe 3

Vas a abandonar esta zona del mapa. **Ve a GRÍES-36 en este libro.**

Epígrafe 4

Vas a abandonar esta zona del mapa. **Ve a GRÍES-38 en este libro.**

Epígrafe 5

Dos hombres con ropajes caros conversan con aire distendido. No les habrías dado la menor importancia de no ser porque, en un momento dado, escuchas la palabra 'Banco Imperial', lo que levanta tu intriga. Lanza 2D6 y suma tu modificador de Percepción (si tienes la habilidad especial de 'Oído agudo', suma +2 extra):

- Si el resultado está entre 2 y 7, no eres capaz de espiar la conversación desde la distancia en la que te encuentras y tampoco crees que sea el momento de levantar sospechas acercándote más. Por todo ello, marca con una "X" la casilla en blanco situada al lado del encabezado de este epígrafe para no leerlo de nuevo si regresas aquí. **Ve a otro Epígrafe**.

- Si el resultado está entre 8 y 12, tus oídos cazan cierta información interesante... **Ve a la SECCIÓN 203 del librojuego**.

☐ Epígrafe 6

Una pequeña multitud de niños se agolpa alrededor de un guerrero de orgulloso porte. Los chiquillos exclaman acaloradamente mientras luchan por recibir alguna palmadita en la espalda, en señal de saludo, por parte del paladín aclamado. Los padres de los jóvenes permanecen a una distancia prudente, pero observan también admirados a ese personaje célebre que camina acompañado por su igualmente altivo escudero. **Ve a la SECCIÓN 662 del librojuego**.

☐ Epígrafe 7

A pocos metros de una posada, sobre unos barriles de vino vacíos, un trilero encandila a un pequeño grupo de curiosos e invita a los transeúntes a participar en sus juegos de habilidad.
- Si quieres probar suerte con la esperanza de ganar unas monedas, **ve a la SECCIÓN 225 del librojuego**.
- Si crees que no es el momento para juegos de trilero, **ve a otro Epígrafe.**

Epígrafe 8

Vas a abandonar esta zona del mapa. **<u>Ve a GRÍES-29 en este libro.</u>**

GRÍES-38

Antes de seguir leyendo, haz una tirada de encuentros. Lanza 2D6:

- **Si el resultado es menor que 5**, por desgracia, te topas con un grupo de soldados grobanos que patrullan la zona. Se trata de 1D6 enemigos con 1D6+2 Puntos de Combate cada uno y 25 PV todos ellos. Antes de seguir, lanza ya los dados pertinentes para determinar el número de enemigos y la fuerza de cada uno. Puedes evitarlos lanzando 2D6, sumando tu modificador de Huida y obteniendo un resultado de 9 o más. --- Puedes también disimular y evitar que sospechen de ti lanzando 2D6, sumando tu modificador de Carisma y obteniendo un resultado de 8 o más. --- Si fallas cualquiera de las dos anteriores tiradas o, si directamente así lo deseas, puedes intentar deshacerte de ellos luchando. ¡Decide qué haces y procede con las tiradas correspondientes!
    - SI HAS TENIDO QUE LUCHAR: Si has sido derrotado, pierdes 1 Punto de ThsuS para seguir adelante. Si has resultado vencedor, ganas 2D6 Puntos de Experiencia. No obstante, aún no ha pasado el peligro. Puede que el combate haya llamado la atención de más guardias... Vuelve a efectuar la tirada de encuentros con 2D6 indicada arriba.
    - SI NO HAS LUCHADO: Ganas 1D6 Puntos de Experiencia tras evitar a los guardias. Por último, gastas 0,5 Puntos de Movimiento para desplazarte a esta zona. ¡Anótalos en tu ficha y continúa con tu aventura! **Ve a la página siguiente de este libro**.

- **Si el resultado es igual o mayor que 5**, no sufres ningún encuentro indeseado. Gastas 0,5 Puntos de Movimiento para desplazarte a esta zona. ¡Anótalos en tu ficha y continúa con tu aventura! **Ve a la página siguiente de este libro.**

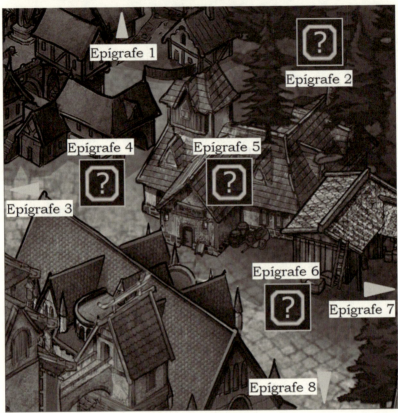

Epígrafe 1

Vas a abandonar esta zona del mapa. **Ve a GRÍES-46 en este libro.**

☐ Epígrafe 2

Un perro de la raza podenco, animal de caza habitual por estos lares, vaga por la arboleda de forma lastimosa. Es evidente que su amo lo abandonó o lo perdió por causas desconocidas. La imagen del pobre animal te causa verdadera lástima. **Ve a la SECCIÓN 598 del librojuego**.

Epígrafe 3

Vas a abandonar esta zona del mapa. **Ve a GRÍES-37 en este libro.**

☐ Epígrafe 4

Marca con una "X" la casilla en blanco situada al lado del encabezado de este epígrafe para no leerlo de nuevo si regresas aquí. Esto es equivalente a marcar como ENCUENTRO COMPLETADO en la página web. Luego, sigue leyendo...

Un orador vestido con la librea del Conde de Gríes está montado sobre un barril. Un buen grupo de curiosos escucha su acalorada arenga en la que ensalza los éxitos en la Guerra propiciados por la buena gestión del Conde. El discurso es victorioso y claramente propagandístico, lo que no evita que los corazones de los presentes se enciendan. Te gustaría actuar para acallar tanta monserga, pero te contienes puesto que ello no te llevaría a nada bueno. Estás en una misión de infiltración en plena casa del enemigo. Lo mejor es dejar el orgullo a un lado y actuar con prudencia. Tiras del brazo de Wolmar para que te siga. Los ojos de tu compañero están encendidos por la ira contenida. Suma 1D6 Ptos. Exp. **Ve a otro Epígrafe.**

☐ Epígrafe 5

Marca con una "X" la casilla en blanco situada al lado del encabezado de este epígrafe para no leerlo de nuevo si regresas aquí. Esto es equivalente a marcar como ENCUENTRO COMPLETADO en la página web. Luego, sigue leyendo...

Por uno de los viandantes que se dirige a la entrada del edificio, averiguas que se trata de la 'Taberna-teatro del

Ruiseñor', lugar donde se concentran los pocos artistas y bohemios con que cuenta la ciudad. Hace mucho que no has presenciado ninguna representación teatral. La última vez fue en la plaza de Sekelberg, cuando aún eras un mozo de cuadras ajeno a las aventuras y quebraderos de cabeza en los que ahora estás inmerso. Estos pensamientos te hacen más consciente aún de cuánto ha cambiado tu vida en todo este tiempo. La curiosidad te domina cuando te preguntas qué será de ti en el futuro y si, al volver la vista atrás, tendrás la misma sensación de asombro y lejanía como la que ahora experimentas. Suma 2D6 Ptos. Exp. **Ve a otro Epígrafe.**

☐ Epígrafe 6

Tu misión no está exenta de contratiempos. Algunos totalmente fortuitos como éste con el que te topas... **Ve a la SECCIÓN 216 del librojuego.**

Epígrafe 7

Vas a abandonar esta zona del mapa. **Ve a GRÍES-39 en este libro.**

Epígrafe 8

Vas a abandonar esta zona del mapa. **Ve a GRÍES-30 en este libro.**

GRÍES-39

Antes de seguir leyendo, haz una tirada de encuentros. Lanza 2D6:

- **Si el resultado es menor que 4**, por desgracia, te topas con un grupo de soldados grobanos que patrullan la zona. Se trata de 1D6 enemigos con 1D6+2 Puntos de Combate cada uno y 25 PV todos ellos. Antes de seguir, lanza ya los dados pertinentes para determinar el número de enemigos y la fuerza de cada uno. Puedes evitarlos lanzando 2D6, sumando tu modificador de Huida y obteniendo un resultado de 9 o más. --- Puedes también disimular y evitar que sospechen de ti lanzando 2D6, sumando tu modificador de Carisma y obteniendo un resultado de 8 o más. --- Si fallas cualquiera de las dos anteriores tiradas o, si directamente así lo deseas, puedes intentar deshacerte de ellos luchando. ¡Decide qué haces y procede con las tiradas correspondientes!
  - SI HAS TENIDO QUE LUCHAR: Si has sido derrotado, pierdes 1 Punto de ThsuS para seguir adelante. Si has resultado vencedor, ganas 2D6 Puntos de Experiencia. No obstante, aún no ha pasado el peligro. Puede que el combate haya llamado la atención de más guardias... Vuelve a efectuar la tirada de encuentros con 2D6 indicada arriba.
  - SI NO HAS LUCHADO: Ganas 1D6 Puntos de Experiencia tras evitar a los guardias. Por último, gastas 0,5 Puntos de Movimiento para desplazarte a esta zona. ¡Anótalos en tu ficha y continúa con tu aventura! **Ve a la página siguiente de este libro**.

- **Si el resultado es igual o mayor que 4**, no sufres ningún encuentro indeseado. Gastas 0,5 Puntos de Movimiento para desplazarte a esta zona. ¡Anótalos en tu ficha y continúa con tu aventura! **Ve a la página siguiente de este libro.**

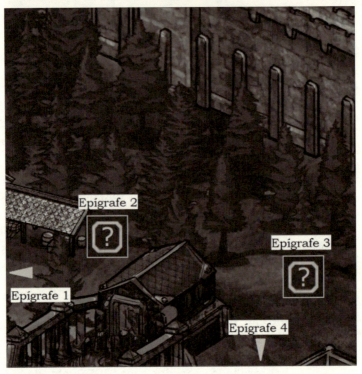

Epígrafe 1

Vas a abandonar esta zona. **Ve a GRÍES-38 en este libro.**

☐Epígrafe 2

No hay edificaciones más allá de ese cobertizo que protege mercancía diversa. Un pequeño bosque de coníferas se extiende hasta las murallas.

- Si quieres explorar el pequeño bosque, **ve a la SECCIÓN 726 del librojuego**.

- Si intentas rebuscar entre la mercancía que hay en el cobertizo, **ve a la SECCIÓN 646 del librojuego**.

- Si prefieres marcharte a otro lugar, **ve a otro Epígrafe**.

☐ Epígrafe 3

Marca con una "X" la casilla en blanco situada al lado del encabezado de este epígrafe para no leerlo de nuevo si regresas aquí. Esto es equivalente a marcar como ENCUENTRO COMPLETADO en la página web. Luego, sigue leyendo...

Un montículo pardo y sin árboles te llama la atención. Sendas marcadas con pequeños hitos de piedra se extienden por toda la extraña elevación en la que también ves ramos de flores y alguna pequeña estatua de piedra. Es el cementerio de la ciudad, el lugar donde se esparcen las cenizas de los creyentes domatistas que abandonan este mundo. En este momento, ves unas cuantas personas deambulando por el mismo, seguramente familiares de aquellos cuyos restos descansan en esta elevación que te resulta de lo más exótica. Tu sorpresa viene dada porque, en tu país, las cenizas de los muertos son llevadas al bosque de Táblarom o al mar de Juva, dependiendo del pasado familiar y la población de la familia. Suma +2D6 P. Exp. **Ve a otro Epígrafe.**

Epígrafe 4

Vas a abandonar esta zona del mapa. **Ve a GRÍES-31 en este libro.**

GRÍES-40

Antes de seguir leyendo, haz una tirada de encuentros. Lanza 2D6:

- **Si el resultado es menor que 3**, por desgracia, te topas con un grupo de soldados grobanos que patrullan la zona. Se trata de 1D6 enemigos con 1D6+2 Puntos de Combate cada uno y 25 PV todos ellos. Antes de seguir, lanza ya los dados pertinentes para determinar el número de enemigos y la fuerza de cada uno. Puedes evitarlos lanzando 2D6, sumando tu modificador de Huida y obteniendo un resultado de 9 o más. --- Puedes también disimular y evitar que sospechen de ti lanzando 2D6, sumando tu modificador de Carisma y obteniendo un resultado de 8 o más. --- Si fallas cualquiera de las dos anteriores tiradas o, si directamente así lo deseas, puedes intentar deshacerte de ellos luchando. ¡Decide qué haces y procede con las tiradas correspondientes!
  - SI HAS TENIDO QUE LUCHAR: Si has sido derrotado, pierdes 1 Punto de ThsuS para seguir adelante. Si has resultado vencedor, ganas 2D6 Puntos de Experiencia. No obstante, aún no ha pasado el peligro. Puede que el combate haya llamado la atención de más guardias... Vuelve a efectuar la tirada de encuentros con 2D6 indicada arriba.
  - SI NO HAS LUCHADO: Ganas 1D6 Puntos de Experiencia tras evitar a los guardias. Por último, gastas 0,5 Puntos de Movimiento para desplazarte a esta zona. ¡Anótalos en tu ficha y continúa con tu aventura! **Ve a la página siguiente de este libro**.

- **Si el resultado es igual o mayor que 3**, no sufres ningún encuentro indeseado. Gastas 0,5 Puntos de Movimiento para desplazarte a esta zona. ¡Anótalos en tu ficha y continúa con tu aventura! **Ve a la página siguiente de este libro.**

Epígrafe 1

Vas a abandonar esta zona del mapa. **Ve a GRÍES-48 en este libro.**

Epígrafe 2

Sabes que, detrás de esas elevadas murallas, se encuentran las calles de Gríes. Desde esta posición constatas que son inalcanzables. Debes encontrar la puerta de la ciudad para poder explorarla. **Ve a otro Epígrafe.**

☐ Epígrafe 3

Un paraje hostil, repleto de colinas con escarpados relieves, se extiende al sur. No es un terreno propicio para ser explorado. Descartas pues avanzar en esa dirección.

- Si tienes la pista CONC, **ve a la SECCIÓN 755 del librojuego**.

- Si no tienes esa pista, parece que no hay nada de interés en esta aislada zona. Abandonas el lugar antes de que te descubra la guardia de la torre que domina las murallas. **Ve a otro Epígrafe**.

GRÍES-41

Entrada al mapa proveniente del NOROESTE.

Antes de seguir leyendo, haz una tirada de encuentros. Lanza 2D6:

- **Si el resultado es igual a 2**, por desgracia, te topas con un grupo de soldados grobanos que patrullan la zona. Se trata de 1D6 enemigos con 1D6+2 Puntos de Combate cada uno y 25 PV todos ellos. Antes de seguir, lanza ya los dados pertinentes para determinar el número de enemigos y la fuerza de cada uno. Puedes evitarlos lanzando 2D6, sumando tu modificador de Huida y obteniendo un resultado de 9 o más. --- Puedes también disimular y evitar que sospechen de ti lanzando 2D6, sumando tu modificador de Carisma y obteniendo un resultado de 8 o más. --- Si fallas cualquiera de las dos anteriores tiradas o, si directamente así lo deseas, puedes intentar deshacerte de ellos luchando. ¡Decide qué haces y procede con las tiradas correspondientes!

  - SI HAS TENIDO QUE LUCHAR: Si has sido derrotado, pierdes 1 Punto de ThsuS para seguir adelante. Si has resultado vencedor, ganas 2D6 Puntos de Experiencia. No obstante, aún no ha pasado el peligro. Puede que el combate haya llamado la atención de más guardias... Vuelve a efectuar la tirada de encuentros con 2D6 indicada arriba.

  - SI NO HAS LUCHADO: Ganas 1D6 Puntos de Experiencia tras evitar a los guardias. Por último, gastas 0,5 Puntos de Movimiento para desplazarte a esta zona. ¡Anótalos en tu ficha y continúa con tu aventura! **Ve a la página siguiente de este libro**.

- **Si el resultado es igual o mayor que 3**, no sufres ningún encuentro indeseado. Gastas 0,5 Puntos de Movimiento para desplazarte a esta zona. ¡Anótalos en tu ficha y continúa con tu aventura! **Ve a la página siguiente de este libro.**

Epígrafe 1

Esta es una de las salidas para dejar atrás la ciudad de Gríes y sus alrededores. Si deseas abandonar la exploración de Gríes y sus alrededores vuelve al mapa hexagonal y sigue explorándolo encaminándote a la casilla ubicada al noroeste. Es decir, en el mapa principal tendrás que ir obligatoriamente a la casilla hexagonal ubicada arriba a la izquierda de la que te encuentras. Considera que tu compañía queda reagrupada y vuelves a contar con todos los compañeros que dejasteis fuera de Gríes a la espera de que Wolmar y tú regresaseis. Ten todo esto presente y toma nota si lo necesitas. Si no quieres abandonar Gríes y sus alrededores, sigue aquí y explora otro epígrafe.

Epígrafe 2

Un terreno baldío y repleto de colinas se extiende hacia el este. Solo cuando llevas un buen tiempo en él, acabas concluyendo que no merece la pena seguir avanzando. Gastas 1 Punto de Movimiento y, si no posees una manta, pierdes 1D6 PV por el frío. **Explora otro epígrafe.**

Epígrafe 3

Si no tienes la pista GUTX, no sigas leyendo este epígrafe ni el epígrafe 4. Si ya tienes esta pista, sigue leyendo...

Esta es la entrada de la misteriosa gruta que esconde un pasaje secreto para penetrar en el interior de Gríes. Y no a un lugar cualquiera de esta ciudad, sino a los jardines de alguien de elevada posición y recursos... Si quieres adentrarte, **ve al Epígrafe 4**. En caso contrario, **explora otro epígrafe.**

Epígrafe 4

Si no tienes la pista GUTX, no sigas leyendo este epígrafe ni el epígrafe 3. Si ya tienes esta pista, sigue leyendo...

En algún punto de este lado de las murallas desemboca el misterioso pasaje secreto que permite burlar las defensas de la ciudad.

- Si quieres explorar el recinto con jardines que hay aquí, <u>**Ve a GRÍES-42 en este libro.**</u>

- Si consideras que es demasiado arriesgado y que lo mejor es retroceder e ir al exterior de las murallas, **explora otro epígrafe**.

GRÍES-42

Antes de seguir leyendo, haz una tirada de encuentros. Lanza 2D6:

- **Si el resultado es menor que 6**, por desgracia, te topas con un grupo de soldados grobanos que patrullan la zona. Se trata de 1D6 enemigos con 1D6+2 Puntos de Combate cada uno y 25 PV todos ellos. Antes de seguir, lanza ya los dados pertinentes para determinar el número de enemigos y la fuerza de cada uno. Puedes evitarlos lanzando 2D6, sumando tu modificador de Huida y obteniendo un resultado de 9 o más. --- Puedes también disimular y evitar que sospechen de ti lanzando 2D6, sumando tu modificador de Carisma y obteniendo un resultado de 8 o más. --- Si fallas cualquiera de las dos anteriores tiradas o, si directamente así lo deseas, puedes intentar deshacerte de ellos luchando. ¡Decide qué haces y procede con las tiradas correspondientes!
    - SI HAS TENIDO QUE LUCHAR: Si has sido derrotado, pierdes 1 Punto de ThsuS para seguir adelante. Si has resultado vencedor, ganas 2D6 Puntos de Experiencia. No obstante, aún no ha pasado el peligro. Puede que el combate haya llamado la atención de más guardias... Vuelve a efectuar la tirada de encuentros con 2D6 indicada arriba.
    - SI NO HAS LUCHADO: Ganas 1D6 Puntos de Experiencia tras evitar a los guardias. Por último, gastas 0,5 Puntos de Movimiento para desplazarte a esta zona. ¡Anótalos en tu ficha y continúa con tu aventura! **<u>Ve a la página siguiente de este libro</u>**.
- **Si el resultado es igual o mayor que 6**, no sufres ningún encuentro indeseado. Gastas 0,5 Puntos de Movimiento para desplazarte a esta zona. ¡Anótalos en tu ficha y continúa con tu aventura! **<u>Ve a la página siguiente de este libro.</u>**

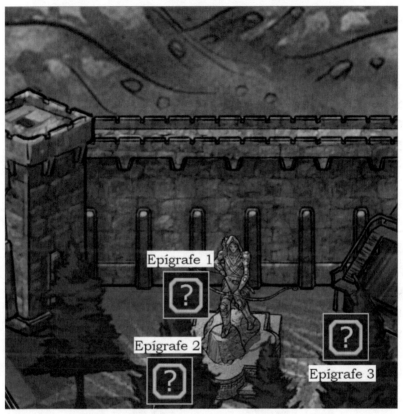

Epígrafe 1

Oculta tras la estatua, se encuentra la portilla de acceso a la gruta subterránea que permite superar, sin ser visto, las elevadas murallas.

- Si quieres abandonar el recinto para regresar al otro lado de las murallas, **ve a GRÍES-41 en este libro.**

- Si quieres examinar un poco los alrededores de la estatua para obtener alguna información adicional, **ve a la SECCIÓN 49 del librojuego**.

- Si quieres permanecer dentro del recinto, pero explorar otra parte del mismo, **ve a otro Epígrafe.**

Epígrafe 2

Varios guardias vigilan el paso más allá de la franja de setos tras la que os ocultáis. Es imposible avanzar hacia el sur sin ser visto por esos centinelas.

- Si tienes la pista SIRV, puedes avanzar sin llamar demasiado la atención. En este caso, te infiltras en el recinto. **Ve a GRÍES-34 en este libro.**
- Si no tienes esa pista, no hay nada que puedas hacer de momento... **Ve a otro Epígrafe**.

☐ Epígrafe 3

Avanzas con extremo sigilo ocultándote entre los cuidados setos del jardín que te ofrecen el escondite perfecto. Sin embargo, tu instinto te dice que puedes ser descubierto en cualquier momento... **Ve a la SECCIÓN 322 del librojuego**.

GRÍES-43

Antes de seguir leyendo, haz una tirada de encuentros. Lanza 2D6:

- **Si el resultado es menor que 5**, por desgracia, te topas con un grupo de soldados grobanos que patrullan la zona. Se trata de 1D6 enemigos con 1D6+2 Puntos de Combate cada uno y 25 PV todos ellos. Antes de seguir, lanza ya los dados pertinentes para determinar el número de enemigos y la fuerza de cada uno. Puedes evitarlos lanzando 2D6, sumando tu modificador de Huida y obteniendo un resultado de 9 o más. --- Puedes también disimular y evitar que sospechen de ti lanzando 2D6, sumando tu modificador de Carisma y obteniendo un resultado de 8 o más. --- Si fallas cualquiera de las dos anteriores tiradas o, si directamente así lo deseas, puedes intentar deshacerte de ellos luchando. ¡Decide qué haces y procede con las tiradas correspondientes!
    - SI HAS TENIDO QUE LUCHAR: Si has sido derrotado, pierdes 1 Punto de ThsuS para seguir adelante. Si has resultado vencedor, ganas 2D6 Puntos de Experiencia. No obstante, aún no ha pasado el peligro. Puede que el combate haya llamado la atención de más guardias... Vuelve a efectuar la tirada de encuentros con 2D6 indicada arriba.
    - SI NO HAS LUCHADO: Ganas 1D6 Puntos de Experiencia tras evitar a los guardias. Por último, gastas 0,5 Puntos de Movimiento para desplazarte a esta zona. ¡Anótalos en tu ficha y continúa con tu aventura! **Ve a la página siguiente de este libro**.

- **Si el resultado es igual o mayor que 5**, no sufres ningún encuentro indeseado. Gastas 0,5 Puntos de Movimiento para desplazarte a esta zona. ¡Anótalos en tu ficha y continúa con tu aventura! **Ve a la página siguiente de este libro.**

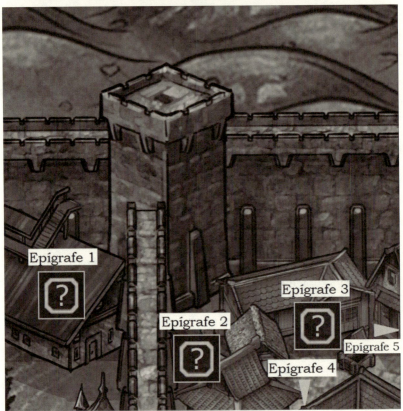

Epígrafe 1

Detrás de las elevadas murallas se esconde un recinto que tu curiosidad te impele a explorar. Por desgracia, desde aquí es imposible alcanzarlo. **Ve a otro Epígrafe.**

☐ Epígrafe 2

Pegadas a la fachada lateral de esa casa, hay bastantes cajas apiladas. **Ve a la SECCIÓN 745 del librojuego.**

Epígrafe 3

Un pozo domina la plazuela. Varias mujeres regresan a sus casas con sus cántaros llenos de fresca agua.
- Si quieres parar unos momentos para hidratarte, **ve a la SECCIÓN 379 del librojuego**.
- Si prefieres no hacerlo, **ve a otro Epígrafe.**

Epígrafe 4

Vas a abandonar esta zona del mapa. **Ve a GRÍES-35 en este libro.**

Epígrafe 5

Vas a abandonar esta zona del mapa. **Ve a GRÍES-44 en este libro.**

GRÍES-44

Antes de seguir leyendo, haz una tirada de encuentros. Lanza 2D6:

- **Si el resultado es menor que 5,** por desgracia, te topas con un grupo de soldados grobanos que patrullan la zona. Se trata de 1D6 enemigos con 1D6+2 Puntos de Combate cada uno y 25 PV todos ellos. Antes de seguir, lanza ya los dados pertinentes para determinar el número de enemigos y la fuerza de cada uno. Puedes evitarlos lanzando 2D6, sumando tu modificador de Huida y obteniendo un resultado de 9 o más. --- Puedes también disimular y evitar que sospechen de ti lanzando 2D6, sumando tu modificador de Carisma y obteniendo un resultado de 8 o más. --- Si fallas cualquiera de las dos anteriores tiradas o, si directamente así lo deseas, puedes intentar deshacerte de ellos luchando. ¡Decide qué haces y procede con las tiradas correspondientes!

  - SI HAS TENIDO QUE LUCHAR: Si has sido derrotado, pierdes 1 Punto de ThsuS para seguir adelante. Si has resultado vencedor, ganas 2D6 Puntos de Experiencia. No obstante, aún no ha pasado el peligro. Puede que el combate haya llamado la atención de más guardias... Vuelve a efectuar la tirada de encuentros con 2D6 indicada arriba.

  - SI NO HAS LUCHADO: Ganas 1D6 Puntos de Experiencia tras evitar a los guardias. Por último, gastas 0,5 Puntos de Movimiento para desplazarte a esta zona. ¡Anótalos en tu ficha y continúa con tu aventura! **Ve a la página siguiente de este libro**.

- **Si el resultado es igual o mayor que 5,** no sufres ningún encuentro indeseado. Gastas 0,5 Puntos de Movimiento para desplazarte a esta zona. ¡Anótalos en tu ficha y continúa con tu aventura! **Ve a la página siguiente de este libro.**

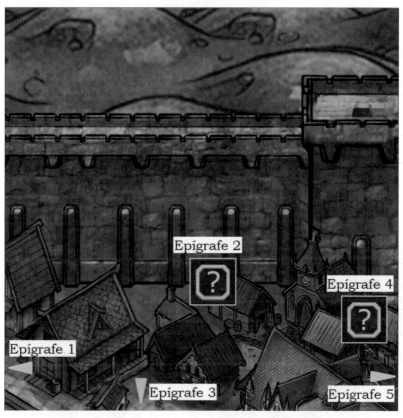

Epígrafe 1

Vas a abandonar esta zona del mapa. **Ve a GRÍES-43 en este libro.**

Epígrafe 2

Tus fosas nasales colapsan cuando, de pronto, inhalas un espeso humo. Cuando por fin reaccionas, constatas que proviene de una vivienda que está ardiendo en una callejuela cercana. La curiosidad te impele a investigar y te aproximas a la escena... **Ve a la SECCIÓN 212 del librojuego.**

Epígrafe 3

Vas a abandonar esta zona del mapa. **Ve a GRÍES-36 en este libro.**

Epígrafe 4

Encuentras un sucio local cuyo cartel reza 'Casa de empeños de Kástor'.
- Si quieres entrar, **ve a la SECCIÓN 521 del librojuego**.
- Si prefieres no hacerlo, **ve a otro Epígrafe.**

Epígrafe 5

Vas a abandonar esta zona del mapa. **Ve a GRÍES-45 en este libro.**

GRÍES-45

Antes de seguir leyendo, haz una tirada de encuentros. Lanza 2D6:

- **Si el resultado es menor que 5**, por desgracia, te topas con un grupo de soldados grobanos que patrullan la zona. Se trata de 1D6 enemigos con 1D6+2 Puntos de Combate cada uno y 25 PV todos ellos. Antes de seguir, lanza ya los dados pertinentes para determinar el número de enemigos y la fuerza de cada uno. Puedes evitarlos lanzando 2D6, sumando tu modificador de Huida y obteniendo un resultado de 9 o más. --- Puedes también disimular y evitar que sospechen de ti lanzando 2D6, sumando tu modificador de Carisma y obteniendo un resultado de 8 o más. --- Si fallas cualquiera de las dos anteriores tiradas o, si directamente así lo deseas, puedes intentar deshacerte de ellos luchando. ¡Decide qué haces y procede con las tiradas correspondientes!
    - SI HAS TENIDO QUE LUCHAR: Si has sido derrotado, pierdes 1 Punto de ThsuS para seguir adelante. Si has resultado vencedor, ganas 2D6 Puntos de Experiencia. No obstante, aún no ha pasado el peligro. Puede que el combate haya llamado la atención de más guardias... Vuelve a efectuar la tirada de encuentros con 2D6 indicada arriba.
    - SI NO HAS LUCHADO: Ganas 1D6 Puntos de Experiencia tras evitar a los guardias. Por último, gastas 0,5 Puntos de Movimiento para desplazarte a esta zona. ¡Anótalos en tu ficha y continúa con tu aventura! **Ve a la página siguiente de este libro**.

- **Si el resultado es igual o mayor que 5**, no sufres ningún encuentro indeseado. Gastas 0,5 Puntos de Movimiento para desplazarte a esta zona. ¡Anótalos en tu ficha y continúa con tu aventura! **Ve a la página siguiente de este libro.**

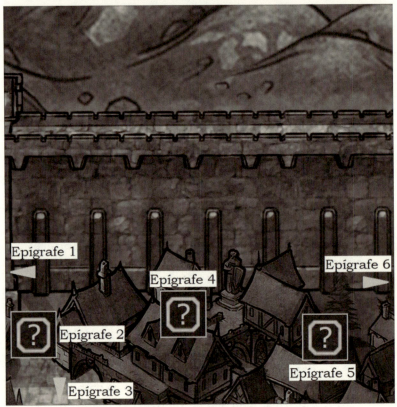

Epígrafe 1

Vas a abandonar esta zona del mapa. **Ve a GRÍES-44 en este libro.**

☐Epígrafe 2

Estas callejuelas no son ni mucho menos seguras. Sus sucias casas albergan gentes humildes, pero también delincuentes de todo tipo. Giras una esquina y te topas con una frenética escena... **Ve a la SECCIÓN 545 del librojuego**.

Epígrafe 3

Vas a abandonar esta zona del mapa. **Ve a GRÍES-37 en este libro.**

Epígrafe 4

Este edificio alberga una taberna.
- Si entras en ella, **ve a la SECCIÓN 76 del librojuego.**
- Si prefieres no entrar, **ve a otro Epígrafe.**

Epígrafe 5

- Si ya tienes la pista ENGR, pero aún NO tienes la pista BRGR, **ve a la SECCIÓN 559 del librojuego.**
- En cualquier otro caso, **ve a otro Epígrafe.**

Epígrafe 6

Vas a abandonar esta zona del mapa. **Ve a GRÍES-46 en este libro.**

GRÍES-46

Antes de seguir leyendo, haz una tirada de encuentros. Lanza 2D6:

- **Si el resultado es menor que 5**, por desgracia, te topas con un grupo de soldados grobanos que patrullan la zona. Se trata de 1D6 enemigos con 1D6+2 Puntos de Combate cada uno y 25 PV todos ellos. Antes de seguir, lanza ya los dados pertinentes para determinar el número de enemigos y la fuerza de cada uno. Puedes evitarlos lanzando 2D6, sumando tu modificador de Huida y obteniendo un resultado de 9 o más. --- Puedes también disimular y evitar que sospechen de ti lanzando 2D6, sumando tu modificador de Carisma y obteniendo un resultado de 8 o más. --- Si fallas cualquiera de las dos anteriores tiradas o, si directamente así lo deseas, puedes intentar deshacerte de ellos luchando. ¡Decide qué haces y procede con las tiradas correspondientes!
    - SI HAS TENIDO QUE LUCHAR: Si has sido derrotado, pierdes 1 Punto de ThsuS para seguir adelante. Si has resultado vencedor, ganas 2D6 Puntos de Experiencia. No obstante, aún no ha pasado el peligro. Puede que el combate haya llamado la atención de más guardias... Vuelve a efectuar la tirada de encuentros con 2D6 indicada arriba.
    - SI NO HAS LUCHADO: Ganas 1D6 Puntos de Experiencia tras evitar a los guardias. Por último, gastas 0,5 Puntos de Movimiento para desplazarte a esta zona. ¡Anótalos en tu ficha y continúa con tu aventura! **Ve a la página siguiente de este libro.**

- **Si el resultado es igual o mayor que 5**, no sufres ningún encuentro indeseado. Gastas 0,5 Puntos de Movimiento para desplazarte a esta zona. ¡Anótalos en tu ficha y continúa con tu aventura! **Ve a la página siguiente de este libro.**

Epígrafe 1

Vas a abandonar esta zona del mapa. **Ve a GRÍES-45 en este libro.**

Epígrafe 2

Sientes que tienes el cuerpo y los ánimos aptos para adentrarte en la periferia de la ciudad. Así que, sin dudarlo, te diriges con Wolmar hacia esta zona pobre de Gríes donde la suciedad, el desorden y la miseria toman el control de las casas, calles y gentes que la pueblan. **Ve a la SECCIÓN 687 del librojuego**.

Epígrafe 3

Vas a abandonar esta zona del mapa. **Ve a GRÍES-38 en este libro.**

GRÍES-47

Antes de seguir leyendo, haz una tirada de encuentros. Lanza 2D6:

- **Si el resultado es menor que 4**, por desgracia, te topas con un grupo de soldados grobanos que patrullan la zona. Se trata de 1D6 enemigos con 1D6+2 Puntos de Combate cada uno y 25 PV todos ellos. Antes de seguir, lanza ya los dados pertinentes para determinar el número de enemigos y la fuerza de cada uno. Puedes evitarlos lanzando 2D6, sumando tu modificador de Huida y obteniendo un resultado de 9 o más. --- Puedes también disimular y evitar que sospechen de ti lanzando 2D6, sumando tu modificador de Carisma y obteniendo un resultado de 8 o más. --- Si fallas cualquiera de las dos anteriores tiradas o, si directamente así lo deseas, puedes intentar deshacerte de ellos luchando. ¡Decide qué haces y procede con las tiradas correspondientes!
    - SI HAS TENIDO QUE LUCHAR: Si has sido derrotado, pierdes 1 Punto de ThsuS para seguir adelante. Si has resultado vencedor, ganas 2D6 Puntos de Experiencia. No obstante, aún no ha pasado el peligro. Puede que el combate haya llamado la atención de más guardias... Vuelve a efectuar la tirada de encuentros con 2D6 indicada arriba.
    - SI NO HAS LUCHADO: Ganas 1D6 Puntos de Experiencia tras evitar a los guardias. Por último, gastas 0,5 Puntos de Movimiento para desplazarte a esta zona. ¡Anótalos en tu ficha y continúa con tu aventura! **Ve a la página siguiente de este libro**.

- **Si el resultado es igual o mayor que 4**, no sufres ningún encuentro indeseado. Gastas 0,5 Puntos de Movimiento para desplazarte a esta zona. ¡Anótalos en tu ficha y continúa con tu aventura! **Ve a la página siguiente de este libro.**

Epígrafe 1

Este monte domina la zona. Sin duda, otorgaría una buena visión panorámica de la región a quién ascienda hasta su cima.
- Si decides subir hasta lo alto del monte, **ve a la SECCIÓN 643 del librojuego**.
- De lo contrario, **ve a otro Epígrafe.**

☐ Epígrafe 2

Un anciano granjero está llevando a sus cabras de vuelta al cercado. Le ayuda un jovenzuelo que bien podría ser su nieto.

- Si te acercas al viejo y al chico para interactuar con ellos, **ve a la SECCIÓN 536 del librojuego**.

- Si prefieres dejarlos tranquilos y continuar tu marcha, marca con una "X" la casilla en blanco situada al lado del encabezado de este epígrafe para no leerlo de nuevo si regresas aquí. **Ve a otro Epígrafe**.

☐ Epígrafe 3

Cinco soldados grobanos escoltan a un recaudador de impuestos que está intimidando a un desesperado agricultor.

- Si decides intervenir en la escena para ayudar al campesino, **ve a la SECCIÓN 620 del librojuego**.

- Si optas por alejarte del lugar de inmediato, antes de que los soldados reparen en tu presencia, **ve a la SECCIÓN 737 del librojuego**.

Epígrafe 4

Vas a abandonar esta zona del mapa. **Ve a GRÍES-48 en este libro.**

GRÍES-48

Entrada al mapa proveniente del NORESTE.

Antes de seguir leyendo, haz una tirada de encuentros. Lanza 2D6:

- **Si el resultado es menor que 5**, por desgracia, te topas con un grupo de soldados grobanos que patrullan la zona. Se trata de 1D6 enemigos con 1D6+2 Puntos de Combate cada uno y 25 PV todos ellos. Antes de seguir, lanza ya los dados pertinentes para determinar el número de enemigos y la fuerza de cada uno. Puedes evitarlos lanzando 2D6, sumando tu modificador de Huida y obteniendo un resultado de 9 o más. --- Puedes también disimular y evitar que sospechen de ti lanzando 2D6, sumando tu modificador de Carisma y obteniendo un resultado de 8 o más. --- Si fallas cualquiera de las dos anteriores tiradas o, si directamente así lo deseas, puedes intentar deshacerte de ellos luchando. ¡Decide qué haces y procede con las tiradas correspondientes!
    - SI HAS TENIDO QUE LUCHAR: Si has sido derrotado, pierdes 1 Punto de ThsuS para seguir adelante. Si has resultado vencedor, ganas 2D6 Puntos de Experiencia. No obstante, aún no ha pasado el peligro. Puede que el combate haya llamado la atención de más guardias... Vuelve a efectuar la tirada de encuentros con 2D6 indicada arriba.
    - SI NO HAS LUCHADO: Ganas 1D6 Puntos de Experiencia tras evitar a los guardias. Por último, gastas 0,5 Puntos de Movimiento para desplazarte a esta zona. ¡Anótalos en tu ficha y continúa con tu aventura! **Ve a la página siguiente de este libro**.

- **Si el resultado es igual o mayor que 5**, no sufres ningún encuentro indeseado. Gastas 0,5 Puntos de Movimiento para desplazarte a esta zona. ¡Anótalos en tu ficha y continúa con tu aventura! **Ve a la página siguiente de este libro.**

☐ Epígrafe 1

Esta casa, aparentemente desocupada, te llama la atención. En su fachada está grabado un símbolo que representa lo que parece una luna atravesada verticalmente por una espada y dos letras: V.F.

Dicho grabado está acompañado por una palabra escrita en dialecto grobano, justo al pie. Lanza 2D6 y suma tu modificador de Inteligencia para descifrarlo (si tienes la habilidad especial de Don de lenguas, suma +3 extra):
- Si el resultado está entre 2 y 8, **ve a la SECCIÓN 13 del librojuego**.
- Si está entre 9 y 12, **ve a la SECCIÓN 31 del librojuego**.

Epígrafe 2

Estos cultivos quizás contengan algo de fruta otoñal que poder llevarte a la boca.

- Si quieres inspeccionarlos, **ve a la SECCIÓN 651 del librojuego**.
- Si prefieres marchar a otro lugar, **ve a otro Epígrafe**.

Epígrafe 3

En este cerro achatado hay varios edificios diseminados que conforman una embrionaria aldea. Las humildes gentes que aquí moran se dedican a las duras labores de la agricultura y la ganadería.

- Si tienes la pista LADR, **ve a la SECCIÓN 411 del librojuego**.
- Si no tienes la pista LADR y tampoco tienes la pista CONC, **ve a la SECCIÓN 740 del librojuego**.
- Si no tienes la pista LADR, pero sí tienes la pista CONC, **ve a la SECCIÓN 625 del librojuego**.

Epígrafe 4

Esta es una de las salidas para dejar atrás la ciudad de Gríes y sus alrededores. Si deseas abandonar la exploración de Gríes y sus alrededores vuelve al mapa hexagonal y sigue explorándolo encaminándote a la casilla ubicada al noreste. Es decir, en el mapa principal tendrás que ir obligatoriamente a la casilla hexagonal ubicada arriba a la derecha de la que te encuentras. Considera que tu compañía queda reagrupada y vuelves a contar con todos los compañeros que dejasteis fuera de Gríes a la espera de que Wolmar y tú regresaseis. Ten todo esto presente y toma nota si lo necesitas. Si no quieres abandonar Gríes y sus alrededores, sigue aquí y explora otro epígrafe.

Epígrafe 5

Vas a abandonar esta zona del mapa. **<u>Ve a GRÍES-47 en este libro.</u>**

Epígrafe 6

Este monte domina la zona. Sin duda, otorgaría una buena visión panorámica de la región a quién ascienda hasta su cima.
- Si decides subir hasta lo alto del monte, **ve a la SECCIÓN 643 del librojuego**.
- De lo contrario, **ve a otro Epígrafe**.

Epígrafe 7

Vas a abandonar esta zona del mapa. **<u>Ve a GRÍES-40 en este libro.</u>**

APÉNDICE 2

Castillo

Vömur

APÉNDICE 2

CASTILLO VÖMUR

(aplicable solo si estás en la casilla hex238)

La lucha por Castillo Vömur va a empezar. La cruenta batalla transcurrirá en el siguiente mapa de batalla:

Puedes descargar el mapa anterior en un tamaño ampliado en la web **cronicasdeterragom.com** o fotocopiar el que aparece al final de este Apéndice 2.

Para conocer el sistema de juego que regirá durante esta contienda, así como para aprender a usar el mapa de batalla anterior, <u>ve a la página siguiente y sucesivas de este libro (las páginas de este libro sustituyen a la SECCIÓN 1451 del librojuego "El bastión de la frontera", ya que en el librojuego se explican las reglas usando la página web y aquí las tienes para jugar en papel).</u>

REGLAS DE JUEGO PARA BATALLA
(para jugar sin la página web)

Para experimentar una trepidante batalla tendrás que seguir los siguientes pasos:

Paso 1 – Calcula el número inicial de escuadras de tu ejército.

Paso 2 – Anota en una hoja el número de escuadras de tu ejército.

Paso 3 – Observa la posición de tus escuadras en el mapa.

Paso 4 – Analiza la posición de las escuadras enemigas en el mapa.

Paso 5 – Ve a la sección del librojuego "El bastión de la frontera" asociada a la zona del mapa de batalla en la que estás y, una vez allí, toma decisiones, haz tiradas de estrategia y/o liderazgo, efectúa combates o bátete en retirada.

      Paso 5 – OPCIÓN DE LUCHAR

      Paso 5 – OPCIÓN DE HUIR

Paso 6 – Actualiza el número de tus escuadras que aún sobreviven.

Paso 7 – Actualiza el número de escuadras enemigas que aún sobreviven.

Paso 8 – Verifica si se han dado las condiciones de victoria o derrota final. Ve al paso 9 si aún no se han dado dichas condiciones. Ve a la SECCIÓN 1590 si ya se han dado las condiciones de victoria o derrota.

Paso 9 – Moviliza tus tropas a otra zona del mapa o permanece en la que estás.

Paso 10 – Actualiza la posición de las escuadras enemigas en el mapa.

Paso 11 – Suma 1 al contador de TURNO DE BATALLA.

Paso 12 - Vuelve al paso 3 y repite la secuencia desde ese paso en adelante.

***

Pasemos a explicar en detalle cada uno de estos pasos, aunque antes una nota previa... Ve a la página siguiente.

NOTA PREVIA ANTES DE SEGUIR: si, llegado un momento, deseas omitir todo lo sucedido en la batalla y crees que es conveniente reiniciarla de nuevo desde su punto inicial, ya sea porque has cometido algún error estratégico garrafal, porque has caído derrotado o por cualquier otra causa que consideres, puedes gastar 1 Punto de ThsuS (en caso de que te quede alguno) para resetear la batalla y retomarla de nuevo desde el principio con todos tus Puntos de Vida al máximo, con todos tus compañeros sanos y con todas tus tropas que tenías al principio intactas. **También deberás borrar todas las pistas que hayas anotado en tu ficha desde el momento en que arranca la batalla** (por ello te recomiendo encarecidamente que, desde este mismo momento, anotes todas las nuevas pistas que consigas en un lugar aparte por si te ves en la situación de tener que resetear y borrarlas).

Dicho lo cual, ahora sí, veamos cada paso:

Paso 1 – Calcula el número inicial de escuadras de tu ejército.

Ambos bandos tienen una similar organización militar por las raíces históricas comunes de Hermia y Gomia como países vecinos. Esto se traduce en que agrupan sus huestes en unidades operativas de 25 soldados llamadas escuadras. Dicho esto, lo primero que tendrás que hacer es calcular las escuadras que tiene tu bando. Para ello, mira el "Contador de tropas" que tienes anotado en tu ficha y divide ese valor entre 25. El valor resultante, redondeando a la baja, será el número de escuadras que tendrá tu ejército. Ejemplo: imaginemos que tu "Contador de tropas" reclutadas asciende a 279. Calculas 279 / 25 = 11,16 y redondeas a la baja, quedando un resultado de 11 escuadras en total con las que contará tu ejército.

Paso 2 – Anota en una hoja el número de escuadras de tu ejército.

Emplea una hoja en blanco para llevar el control de las escuadras que tiene tu ejército en cada momento. Anota en esa hoja el número de escuadras que has calculado en el paso 1.

<u>Paso 3</u> – Observa la posición de tus escuadras en el mapa.

Cada zona del mapa viene diferenciada con una letra (desde la A hasta la Q):

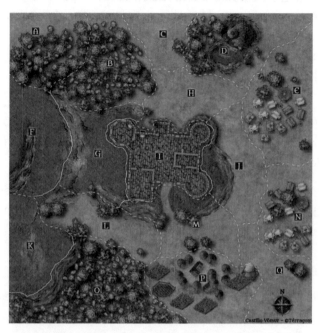

Castillo Vómur - ©Térragom

<u>Inicialmente tu ejército comenzará la batalla en la zona F.</u>

Ten presente en todo momento la zona del mapa en la que está tu ejército. Puedes anotar la zona en la que está en la misma hoja donde has apuntado el número de escuadras que tienes (ver paso 2) o puedes colocar un token, miniatura o marcador que puedas mover por el mapa impreso en papel.

Todas tus escuadras siempre estarán agrupadas dentro de una misma zona, mientras que el enemigo tendrá dispersas sus escuadras a lo largo de todo el mapa como veremos en el paso siguiente. Esto es así pues Wolmar, viendo que las huestes enemigas dominan el lugar y os superan considerablemente en número, ha ordenado que todas vuestras tropas permanezcan siempre unidas en la misma zona del campo de batalla. Es la única forma de optar a algo que no sea la total derrota.

<u>Paso 4</u> – Analiza la posición de las escuadras enemigas en el mapa.

Ve al mapa de batalla y estudia la disposición de las tropas del ejército enemigo. Es importante que analices bien cada paso que das, así como los movimientos que irán dando los rivales. Decisiones fatales pueden llevar a resultados desastrosos. Es el momento de demostrar que eres un estratega, así que atento a los siguientes pasos.

Puedes colocar tokens, miniaturas o marcadores sobre el mapa para indicar en todo momento las escuadras enemigas que hay situadas en cada zona del mapa o puedes anotar las escuadras enemigas que hay por zona en la misma hoja donde tienes apuntadas tus escuadras.

A diferencia de tus escuadras, que siempre marcharán juntas y estarán en la misma zona del mapa, las escuadras enemigas estarán dispersas en diferentes zonas del mapa.

La disposición inicial de las escuadras enemigas es la siguiente:

- *Si ya tienes la pista BATL y tienes la **pista VVFO**,* sitúa inicialmente las escuadras enemigas en las siguientes zonas del mapa:
Zona C: 2 escuadras
Zona E: 5 escuadras
Zona G: 5 escuadras
Zona H: 6 escuadras
Zona J: 2 escuadras
Zona L: 3 escuadras
Zona M: 8 escuadras
Zona N: 2 escuadras
Zona P: 4 escuadras
Total escuadras enemigas: 37

- *Si ya tienes la pista BATL y tienes la **pista CSDS**,* sitúa inicialmente las escuadras enemigas en las siguientes zonas del mapa:
Zona C: 4 escuadras
Zona E: 6 escuadras
Zona G: 2 escuadras

Zona H: 5 escuadras

Zona I: 8 escuadras

Zona J: 1 escuadras

Zona L: 3 escuadras

Zona M: 5 escuadras

Zona N: 3 escuadras

Zona P: 3 escuadras

Total escuadras enemigas: 40

Si vas a empezar la batalla en este momento, sitúa por tanto en el mapa las tropas enemigas que acabamos de indicar ya sea mediante tokens o haciendo las anotaciones en tu hoja.

Paso 5 – Ve a la sección del librojuego "El bastión de la frontera" asociada a la zona del mapa en la que te encuentras y, una vez allí, toma decisiones, haz tiradas de estrategia y/o liderazgo, efectúa combates o bátete en retirada.

Tras analizar bien la situación de tus tropas y las del enemigo según lo indicado en los pasos previos, ha llegado el momento de ir al librojuego. Cada zona del mapa tiene asociada una sección del librojuego "El bastión de la frontera" que debes leer cuando llegues a este paso 5. A continuación tienes las secciones del librojuego "El bastión de la frontera" asociadas a cada zona del mapa en la que tu ejército se encuentre:

Zona A -> SECCIÓN 1459

Zona B -> SECCIÓN 1471

Zona C -> SECCIÓN 1477

Zona D -> SECCIÓN 1489

Zona E -> SECCIÓN 1499

Zona F -> SECCIÓN 1452

Zona G -> SECCIÓN 1511

Zona H -> SECCIÓN 1556

Zona I -> SECCIÓN 1577

Zona J -> SECCIÓN 1515

Zona K -> SECCIÓN 1524

Zona L -> SECCIÓN 1525

Zona M -> SECCIÓN 1568

Zona N -> SECCIÓN 1539

Zona O -> SECCIÓN 1532

Zona P -> SECCIÓN 1547

Zona Q -> SECCIÓN 1535

Inicialmente, como se ha dicho en el paso 3, tus tropas están en la zona F y la sección asociada del librojuego para dicha zona es la SECCIÓN 1452. Por tanto, tendrías que ir inmediatamente a dicha sección del librojuego "El bastión de la frontera" y seguir lo que el texto allí te indique.

Las diferentes secciones del librojuego te obligarán a tomar decisiones y, en ocasiones, a realizar tiradas vinculadas con las habilidades especiales de Estrategia y Liderazgo (ver explicación de las mismas en la SECCIÓN 1446) para determinar el éxito o fracaso de tu ejército en cada una de las zonas del mapa en la que se encuentre en cada momento.

Tras todo lo anterior, el librojuego te indicará que compruebes si hay escuadras enemigas en tu zona (para ello observa los tokens o miniaturas enemigas que tengas situados sobre el mapa o comprueba tu hoja donde lleves el control de tropas enemigas). Si NO hay rivales, deberás pasar al paso 6. Por el contrario, si hay enemigos en tu zona, el librojuego te recordará que tendrás 2 opciones (LUCHAR o HUIR):

1. OPCIÓN DE LUCHAR.

Para realizar la lucha campal entre tu ejército y las escuadras que el enemigo tenga ubicadas en tu misma zona, deberás seguir una serie de pasos (ver puntos "a" hasta "f" explicados a continuación). Es conveniente que leas estos pasos para entender la mecánica de la lucha.

a. Elige el número de escuadras de tu ejército que participarán en esta lucha. Como mínimo, debes elegir tantas escuadras como tenga el enemigo en esta zona (salvo que tengas menos escuadras que el enemigo, en cuyo caso deberás elegir todas tus escuadras). Ve al paso b.

b. Si, tras haber leído las diferentes secciones del librojuego para la actual zona, el texto te ha indicado que has conseguido un resultado de "VENTAJA" gracias a tus tiradas de dados o a tus decisiones, lanza 1D6 dos veces para cada una de tus escuadras elegidas en el paso a y quédate con el resultado mayor para cada una de tus escuadras (anota los resultados en una hoja o emplea tantos dados como escuadras participantes dejando los resultados encima de la mesa). Por el contrario, si el librojuego te dice que has conseguido un resultado de "DESVENTAJA" para la actual zona, lanza 1D6 dos veces para cada una de tus escuadras elegidas en el paso a y quédate con el resultado menor. Si no posees ni "VENTAJA" ni "DESVENTAJA", simplemente lanza 1D6 para cada una de tus escuadras elegidas en el paso a y quédate con el resultado obtenido para cada una de ellas. Ve al paso c.

c. Si tus escuadras superan en número a las escuadras enemigas situadas en tu misma zona por un múltiplo de 2 o más (es decir, si doblan como mínimo a tus rivales en número), ignora todos los resultados de 1 obtenidos tras aplicar lo indicado en el paso b. Para ello, simplemente retira los dados de encima de la mesa con dichos resultados de 1 o tacha estos resultados de 1 de tu hoja si has optado por anotar los resultados en un papel. Si, por el contrario, tus enemigos te superan por un múltiplo de 2 o más en número, ignora todos los resultados de 6 obtenidos tras aplicar lo indicado en el paso b. Ve al paso d.

d. Tras haber leído las diferentes secciones del librojuego para la actual zona, comprueba si el texto te ha indicado que las características del terreno de esta zona otorgan un bonificador al "defensor" de +1 o +2 o +3, etc. Si no hay bonificadores al "defensor", omite este paso y ve directamente al paso e. Se considera "defensor" al bando que ocupara esta zona del mapa antes que su rival. Es decir, si por ejemplo marchas con tu ejército a una zona donde ya estuvieran ubicadas escuadras enemigas de forma previa, el enemigo será considerado como el "defensor" a efecto de estos bonificadores. Por el contrario, si es el enemigo quien marcha a una casilla en la que tú ya estabas situado previamente, entonces tu ejército será el "defensor" y quien disfrute de los bonificadores indicados por el librojuego. Si tanto tu ejército como el ejército enemigo marchan en el mismo turno a una zona que estaba vacía en el turno previo, ninguno de los

dos bandos será considerado el "defensor" y, por tanto, ninguno disfrutará de las bonificaciones en caso de haberlas. Pues bien, tras estipular si hay "defensor" y si éste disfruta de un bonificador por terreno, en caso de ser tú el "defensor" suma el bonificador a todos los resultados de dados resultantes del paso c que aún estén sobre la mesa (o que no hayas tachado en tu hoja) y considera todos los resultados mayores de 6 que pudiera haber como si fueran un 6. Si el "defensor" es el enemigo, resta el bonificador a todos los dados resultantes del paso c y considera todos los resultados menores de 1 que pudiera haber como si fueran un 1. Ve al paso e.

e. Para cada dado resultante de seguir los pasos previos que no hayas tachado de tu hoja o quitado de encima de la mesa, comprueba el resultado y actúa en consecuencia:

• Resultado de 1 o menos: elimina 2 escuadras aliadas y ninguna enemiga.

• Resultado de 2: elimina 1 escuadra aliada y ninguna enemiga.

• Resultado de 3: elimina 1 escuadra aliada y 1 enemiga.

• Resultado de 4: no elimines ninguna escuadra aliada si tienes la habilidad de Estrategia y/o Liderazgo (en caso de no tener ninguna de ambas habilidades, elimina 1 escuadra aliada) y, en cualquier caso, elimina 1 escuadra enemiga.

• Resultado de 5: no elimines ninguna escuadra aliada y elimina 1 escuadra enemiga.

• Resultado de 6 o más, no elimines ninguna escuadra aliada y elimina 2 escuadras enemigas.

f. Aunque queden escuadras enemigas supervivientes tras finalizar todos los pasos desde el "a" hasta el "e", no sigas luchando y ve al paso 6 y 7 para actualizar en el mapa o en tu hoja el número de escuadras supervivientes en cada bando. En un turno posterior, podrás seguir con esta lucha si lo consideras oportuno, para lo cual tendrás que seguir todos los pasos aquí indicados. **MUY IMPORTANTE**: Ten presente que, si quedan enemigos en tu zona tras la lucha, no podrás moverte de dicha zona durante el paso 9 que

explicaremos más adelante (tendrás que elegir permanecer en tu actual zona). Así que es vital que escojas bien el número de escuadras aliadas participantes en la lucha antes de empezarla (recordar paso "a") para no quedar empantanado en la zona sin poder abandonarla en caso de que esa fuera tu intención. Podrías pensar que para evitar lo anterior, lo lógico sería escoger en el paso "a" a la totalidad de tus escuadras para el combate y así arrasar con todo el enemigo, pero esto también puede ser un error garrafal si tus fuerzas superan enormemente a las de tu enemigo en tu actual zona, ya que obligatoriamente debes lanzar 1D6 por cada escuadra aliada que participe en la lucha y puede darse el caso de que ya hayas eliminado a todas las escuadras rivales de la zona y tengas que seguir considerando los resultados de los dados de tus escuadras sobrantes (pudiéndose dar resultados de 4 o menos en dichos dados sobrantes que, como hemos visto en el paso e, pueden suponer la destrucción de algunas de tus escuadras). Ten presente que estamos en una batalla campal donde el caos, la destrucción y la barbarie son incontrolables y donde no hay lugar para ser selecto o purista. Todo sucede de forma simultánea y sin control, así que todos los daños sufridos e infringidos se aplican a la vez a todos los participantes en el combate. Es vital que el general estudie bien la situación de batalla en cada caso para seleccionar qué porcentaje de sus tropas debe cargar contra el enemigo y qué porcentaje aguardar en retaguardia sin participar en el actual choque. Además, también tendrá que tener la vista puesta más allá de su actual zona, pues es probable que más enemigos se acerquen y quizás haya que garantizar la eliminación del rival a toda costa si fuera el caso. De todo lo anterior se desprende una gran estrategia subyacente como puedes intuir, aunque lo mejor será que lo pruebes en tus carnes. Ya quedan unas pocas explicaciones para poner en práctica tus habilidades como comandante. Antes de seguir con la otra opción que tienes en este paso 5, es decir, la OPCIÓN DE HUIR, afiancemos los pasos desde el "a" hasta el "f" que acabamos de explicar para la OPCIÓN DE LUCHAR. Para ello, veamos un **ejemplo de juego**:

• Paso a: imaginemos que tenemos 10 escuadras en una zona del mapa y que el enemigo tiene 5 escuadras en la misma zona. Consideremos que, para este ejemplo, resulta de especial interés para nuestra estrategia de

batalla el acabar en un mismo turno con todas las escuadras enemigas de nuestra zona pues nos resulta vital abandonar el lugar para marchar a otra zona del mapa cuanto antes. Como mínimo, tendríamos que elegir 5 escuadras de nuestro bando para participar en esta lucha (tantas como tiene el enemigo en esta zona). Pensamos bien qué hacer y entonces decidimos que sean 8 las escuadras de nuestro bando que participen (solo dejamos 2 escuadras sin participar en el combate, arriesgando pues las otras 8 escuadras por la urgencia que tenemos, en este ejemplo, de abandonar la zona cuanto antes).

• Paso b: imaginemos que, tras haber leído todas las secciones del librojuego correspondientes a la zona del mapa en la que nos encontramos, hemos conseguido un resultado de "DESVENTAJA". Entonces procedemos a lanzar los dados para todas las escuadras aliadas que participen en la batalla. Como tenemos "DESVENTAJA", lanzamos 2 veces para cada una de las 8 escuadras participantes en la lucha y nos quedamos con el resultado peor:

 - escuadra 1 (resultados de 2 y 5, tomamos el 2),
 - escuadra 2 (resultados de 4 y 6, tomamos el 4),
 - escuadra 3 (resultados de 1 y 5, tomamos el 1),
 - escuadra 4 (resultados de 3 y 3, tomamos el 3),
 - escuadra 5 (resultados de 2 y 3, tomamos el 2),
 - escuadra 6 (resultados de 4 y 4, tomamos el 4),
 - escuadra 7 (resultados de 6 y 6, tomamos el 6)
 - y escuadra 8 (resultados de 4 y 5, tomamos el 4).

• Paso c: como nuestras escuadras ubicadas en la zona (10 en total para el ejemplo como hemos visto en el paso a) doblan en número a las 5 escuadras enemigas en la zona, ignoramos todos los resultados de 1 obtenidos en el paso b y retiramos de la mesa dichos resultados. De esta forma, nos quedaría que:

 - la escuadra 1 tiene un resultado de 2,
 - la escuadra 2 tiene un resultado de 4,
 - el dado de la escuadra 3 lo eliminamos por tener un resultado de 1 (ignoramos pues a dicha escuadra 3),

- la escuadra 4 tiene un resultado de 3,
- la escuadra 5 tiene un resultado de 2,
- la escuadra 6 tiene un resultado de 4,
- la escuadra 7 tiene un resultado de 6,
- y la escuadra 8 tiene un resultado de 4.

• Paso d: imaginemos que, tras haber leído todas las secciones del librojuego correspondientes a la zona del mapa en la que nos encontramos, hemos visto que las características orográficas de la zona ofrecen un bonificador al "defensor" de +1. Imaginemos también que el bando enemigo llegó antes que nosotros a la zona, por lo que es considerado el "defensor" a efectos de este paso. Por tanto, tenemos que restar 1 a todos los resultados del paso previo, quedando lo siguiente:

- la escuadra 1 tiene ahora un resultado de 1,
- la escuadra 2 tiene ahora un resultado de 3,
- la escuadra 3 se ignoró en el paso previo, así que no hay que tenerla ahora en cuenta.
- la escuadra 4 tiene ahora un resultado de 2,
- la escuadra 5 tiene ahora un resultado de 1,
- la escuadra 6 tiene ahora un resultado de 3,
- la escuadra 7 tiene ahora un resultado de 5,
- y la escuadra 8 tiene ahora un resultado de 3.

• Paso e: para cada resultado final obtenido tras el paso previo, comenzamos a computar las bajas en el bando aliado y enemigo:

- el resultado de 1 de la escuadra 1, provoca 2 bajas en tu bando y ninguna en el enemigo,
- el resultado de 3 de la escuadra 2, provoca 1 baja en cada bando,
- el resultado de 2 de la escuadra 4, provoca 1 baja en tu bando y ninguna en el enemigo,
- el resultado de 1 de la escuadra 5, provoca 2 bajas en tu bando y ninguna en el enemigo,
- el resultado de 3 de la escuadra 6, provoca 1 baja en cada bando,

- el resultado de 5 de la escuadra 7, provoca 1 baja en el enemigo y ninguna en tu bando,
- y resultado de 3 de la escuadra 8, provoca 1 baja en cada bando.

Tras sumar las bajas totales, tenemos que tu bando ha sufrido un total de 8 bajas, mientras que el enemigo ha sufrido un total de 4 bajas. Antes de la lucha, tu bando tenía 10 escuadras en esta zona, mientras que el enemigo tenía 5. Por tanto, tras la lucha, tu bando ha quedado con 2 escuadras supervivientes y el enemigo con 1, así que has sufrido una gran masacre y además no has conseguido tu objetivo de eliminar en un único turno a todas las escuadras rivales emplazadas en esta zona, que tenían un bonificador de +1 por el terreno y donde además tú has sufrido el efecto de la "DESVENTAJA" tras haber leído hipotéticamente las secciones del librojuego. Es decir, lo tenías casi todo en contra en este ejemplo de juego, para el que ya solo queda efectuar el paso f.

• Paso f: aunque queden escuadras enemigas supervivientes, no puedes seguir luchando en este turno. Damos por finalizado el combate y pasamos al paso 6 y 7 de la ronda de juego donde, como veremos, nos dedicaremos a actualizar los números de tropas supervivientes a la lucha de cada bando.

Visto el ejemplo para la OPCIÓN DE LUCHAR, pasemos ahora a ver cómo funciona la otra opción que tenemos en el paso 5 de la ronda de juego: la OPCIÓN DE HUIR.

2. OPCIÓN DE HUIR.

Si crees que luchar es una mala decisión, la única opción que te queda es huir del enemigo. Al huir, solo puedes moverte a la última zona del mapa en la que estabas justo antes de venir a la actual zona (es decir, no tienes libertad de acción para ir a cualquier zona adyacente). Si no tienes buena memoria, puedes ir anotando la secuencia de zonas que has visitado en la

hoja (así podrás saber a qué zona debes regresar en caso de huida). De momento, en este paso no ejecutarás el movimiento de tu ejército como tal a la nueva zona del mapa a la que has huido (esto lo harás en el correspondiente paso 9 de movimiento de tropas), sino que en este paso te centrarás únicamente en determinar el grado de éxito o fracaso que tienes al batirte en retirada. Para ello, lanza 1D6 para cada una de todas tus escuadras:

a. Por cada resultado de 1 o 2, la escuadra en cuestión quedará desmantelada en su fracasada huida (anótalo en algún lugar para restarla del total de tus escuadras supervivientes cuando llegues al paso 6).

b. Si tienes la habilidad de Estrategia o de Liderazgo (solo una de ellas), solo los resultados de 1 provocarán la destrucción de la escuadra que huye (es decir, se salvarán las que obtengan un resultado de 2 o más).

c. Finalmente, si dispones tanto de Estrategia como de Liderazgo, solo los resultados de 1 provocarán la destrucción de la escuadra que huye si, además, esa misma escuadra que ha obtenido un 1 obtiene un resultado impar al volver a lanzar 1D6.

Como ejemplo, supongamos el mismo caso inicial que hemos considerado para el ejemplo de la OPCIÓN DE LUCHAR, pero en este caso imaginemos que optamos por la OPCIÓN DE HUIR. Como vimos en dicho ejemplo, nuestro bando disponía de 10 escuadras en una zona del mapa, mientras que el enemigo tenía 5 escuadras emplazadas en dicha zona. Con la intención de huir, lanzamos 1D6 para cada una de nuestras 10 escuadras que pretenden escapar de la zona (siempre lanzarás dados para la totalidad de tus escuadras, pues todas huirán en bloque) e imaginemos que obtenemos los siguientes resultados: 3, 4, 2, 1, 6, 6, 3, 2, 2 y 1. Supongamos que tenemos tanto la habilidad de Estrategia como la de Liderazgo, así que solo los dos resultados de 1 obtenidos en las diez tiradas anteriores, pueden llegar a suponer la destrucción de nuestras escuadras. Como disponemos de las dos habilidades en lugar de una sola, volvemos a lanzar dados para cada resultado de 1 obtenido. Como tenemos dos resultados de 1, lanzamos entonces dos veces 1D6 e imaginemos que sacamos un resultado par en un

dado y un resultado impar en el otro. En consecuencia, solo una de nuestras escuadras queda eliminada (la que ha obtenido un primer resultado de 1 y un segundo resultado de impar), mientras que las otras 9 escuadras de la zona logran abandonarla para regresar OBLIGATORIAMENTE a la zona del mapa en la que estuvieran antes de venir a esta zona de la que han huido (como hemos explicado, no pueden huir a ninguna otra zona del mapa).

En los ejemplos vistos, claramente tu ejército habría quedado en mejor situación de haber optado por la huida regresando a la zona anterior del mapa en la que estuviese en lugar de luchar para eliminar a todas las escuadras enemigas y así poder seguir avanzando hacia, por ejemplo, el castillo. Esto ha sido así pues el rival contaba con la ventaja de ser el "defensor" de una zona con bonificador de +1 y además, tras leer las secciones del librojuego, hemos supuesto que venías con el hándicap de la "DESVENTAJA" por haber tomado malas decisiones en dichas secciones, por haber efectuado malas tiradas o por no haber tenido la habilidad de Estrategia y/o Liderazgo que pudiesen haberte requerido dichas secciones para salvar las circunstancias. Además, tus tiradas de combate no han sido especialmente geniales y, sin embargo, las de huida han sido bastante buenas. Por todo ello, y de forma sesgada pues se trata de un ejemplo, en este caso hubiese sido mejor optar por la huida.

No obstante, como puedes vislumbrar, la situación puede ser radicalmente distinta si la composición de fuerzas es diferente, si posees "VENTAJA" en lugar de "DESVENTAJA", si doblas en número al enemigo (o si es el enemigo quien te dobla) y, finalmente, si disfrutas de ser el "defensor" de una zona con bonificadores por terreno o si, por el contrario, sufres dichos efectos del terreno como en el ejemplo.

Como has podido comprobar, fruto de la OPCIÓN DE LUCHAR o de la OPCIÓN DE HUIR, el número de escuadras supervivientes de tu bando y del bando enemigo podrá quedar modificado al alza o a la baja. Toma nota de las bajas y altas de cada ejército pues, en los pasos siguientes, pasarás a actualizar esos números de escuadras supervivientes. Finalmente, el librojuego te indicará que regreses a la PÁGINA WEB, momento en que irás al paso 6 siguiente.

Paso 6 – Actualiza el número de tus escuadras que aún sobreviven.

Tras el paso previo y cuando se te indique que regreses a la PÁGINA WEB, lo primero será modificar el total de escuadras aliadas que marchan contigo y que aún sobreviven. Para ello, simplemente tendrás que indicar dicho número de escuadras supervivientes en tu hoja de control o actualizar el número de tokens, miniaturas o marcadores que estás empleando sobre tu mapa impreso.

Paso 7 – Actualiza el número de escuadras enemigas que aún sobreviven.

Tras actualizar tus escuadras supervivientes, ha llegado el momento de hacer lo propio con las escuadras enemigas si es que éstas se han visto disminuidas o aumentadas por lo sucedido en los pasos previos. Para ello, simplemente tendrás que indicar dicho número de escuadras enemigas supervivientes en tu hoja de control o actualizar el número de tokens, miniaturas o marcadores que estás empleando sobre tu mapa impreso.

Paso 8 – Verifica si se han dado las condiciones de victoria o derrota final. Ve al paso 9 si aún no se han dado dichas condiciones. Ve a la SECCIÓN 1590 si ya se han dado las condiciones de victoria o derrota.

La batalla tendrá su final (y tendrás que ir a la SECCIÓN 1590) cuando se dé alguna de las siguientes condiciones:

• **VICTORIA**: Si, al evaluar este paso 8 del turno, ves que has conseguido ubicar a tu ejército en el castillo (zona "I" del mapa) sin que haya ninguna escuadra enemiga en dicha zona, se considerará que has logrado tomar el castillo y hacerte fuerte en él. Tomar el castillo implica tener a tus tropas situadas en la zona "I" del mapa quedando cero escuadras enemigas en dicho castillo cuando evalúes este paso 8 del turno (si hay tropas enemigas en la zona "I" no podrás considerar que has tomado el castillo hasta no acabar con todas ellas).

• **DERROTA**: Tus esfuerzos acabarán en fracaso si en un momento dado, al evaluar este paso 8 del turno, el total de tus escuadras alcanza un valor igual o menor que 2 y dichas escuadras no han logrado tomar el castillo (recuerda que si hay tropas enemigas en la zona "I" no podrás considerar que has tomado el castillo hasta no acabar con todas ellas).

Si no se ha dado ninguna de las condiciones de victoria o derrota, ve al paso 9.

Paso 9 – Moviliza tus tropas a otra zona del mapa o permanece en la que estás.

Teniendo en cuenta la situación de la batalla y el número y disposición en el mapa tanto de tus escuadras como de las escuadras enemigas, en este paso debes tomar una decisión crucial: o movilizar todas tus tropas a otra zona del mapa o decidir que éstas permanezcan en su zona actual. Solo puedes moverte a cualquiera de las zonas del mapa adyacentes a la que te encuentras actualmente y que no tengan una línea continua que la separe de tu zona actual. Este movimiento es libre hacia cualquiera de dichas zonas adyacentes si no queda escuadra enemiga alguna en tu zona.

En caso de que sí haya escuadras enemigas en tu zona, solo podrás salir de dicha zona si acabas de efectuar en el paso 5 de este turno una maniobra de huida (recuerda dicho paso 5 donde se explica cómo luchar o huir; en caso de huir, no olvides que solo puedes hacerlo hacia la última zona del mapa en la que estuviste antes de venir a la actual). Si no has ejecutado una huida en el paso 5 y aún hay enemigos en tu zona, obligatoriamente debes permanecer en tu zona actual (si en un turno posterior acabas con todos los enemigos de tu zona, ya podrás moverte libremente; mientras que si huyes, como acabamos de decir, deberás volver obligatoriamente a la zona que estabas previamente).

Es imprescindible que determines en este momento, antes de movilizar a tus tropas hacia otra zona del mapa o permanecer en la actual, qué ejército va a ser el "defensor" de la zona en la que a partir de ahora van a estar ubicadas tus tropas (recuerda que el "defensor" es aquel bando que antes entrara en la zona del mapa en cuestión). Definir al "defensor" es clave en caso de que dicha zona del mapa ofrezca bonificadores por terreno, como hemos visto al explicar cómo funciona la lucha en el paso 5.

Adicionalmente, si acabas de desplazarte a la zona I del mapa, lee el siguiente texto situado del revés (NO LO LEAS DE NINGUNA MANERA SI NO ACABAS DE DESPLAZARTE A LA ZONA I):

1) Si el total de escuadras enemigas existentes en la suma de todas las zonas del mapa es **superior** al número de escuadras que te quedan en un valor de 5 o más de diferencia, lee lo siguiente (si no es así no lo leas):

¡Isandar el Tuerto llega con refuerzos aliados! La mano derecha de Valena por fin ha llegado al campo de batalla trayendo con él las escuadras que ha podido reclutar tras marchar al sur en busca del apoyo del capitán Augus Detoria. Antes de empezar la batalla, Isandar se separó de vosotros para buscar a este capitán que patrulla las llanuras fronterizas del sur. Su objetivo era convencerlo de que no es el momento de escuchar las órdenes que llegan de la capital y que, por tanto, debe apoyar aquí al ejército liderado por Wolmar, el hijo del Lord al que todos daban por muerto. El Capitán Detoria ha aportado 1D6+4 escuadras que pasan a engrosar tus tropas. Por desgracia, también los hermios han logrado reagrupar 2 escuadras que tenían desperdigadas por los alrededores del castillo y se suman a sus fuerzas. El choque final entre ambos ejércitos va a ser brutal. Anota las nuevas escuadras tanto aliadas como enemigas en tu hoja o mediante marcadores en el mapa.

2) Si el total de escuadras enemigas existentes en la suma de todas las zonas del mapa es **inferior** al número de escuadras que te quedan en un valor de 5 o más de diferencia, lee lo siguiente (si no es así no lo leas):

¡Llegan refuerzos al castillo! 1D6+2 escuadras hermias desperdigadas por los alrededores del castillo, han logrado reagruparse y penetrar sus murallas para sumarse a los malditos hermios que luchan dentro de Castillo Vómur. No tienes otra opción que asumir la nueva realidad y pelear. Sin embargo, por fortuna, en este momento tan crucial también aparece por fin Isandar el Tuerto. La mano derecha de Valena ha llegado al campo de batalla trayendo con él unas pocas escuadras que ha podido reclutar tras marchar al sur en busca del apoyo del capitán Augus Detoria. Antes de empezar la batalla, Isandar se separó de vosotros para buscar a este capitán que patrulla las llanuras fronterizas del sur. Su objetivo era convencerlo de que no es el momento de escuchar las órdenes que llegan de la capital y que, por tanto, debe apoyar aquí al ejército liderado por Wolmar, el hijo del Lord al que todos daban por muerto. Por desgracia, Isandar solo ha podido traer 3 escuadras aquí con él. El choque final entre ambos ejércitos va a ser brutal. Anota las nuevas escuadras tanto aliadas como enemigas en tu hoja o mediante marcadores en el mapa.

<u>Paso 10</u> – Actualiza la posición de las escuadras enemigas en el mapa.

Ten presente que las escuadras enemigas van a moverse de forma dinámica por el mapa en función de tu ubicación y tus movimientos. Como buen general, es importante que estudies el comportamiento del ejército enemigo en función de los movimientos previos que tú hayas dado. Verás que, conforme avance la batalla, irás entendiendo la lógica que inspira los movimientos de los malditos hermios. Esto es crucial para tomar las mejores decisiones.

Tanto si has movido a tus escuadras a una zona distinta del mapa como si permanecen en la misma zona en la que estaban, las escuadras enemigas realizarán una serie de movimientos. **IMPORTANTE**: como acabamos de decir, incluso si mantienes a tus tropas en la misma zona del mapa llegados a este paso 10 (ya sea voluntariamente porque no te interese moverlas de donde están o porque estén trabadas en una lucha de la que no han podido huir), las escuadras enemigas realizarán sus movimientos igualmente. Así que ejecuta lo indicado a continuación con independencia de haber movido a tus tropas o no a través del mapa, pues lo que importa es en qué zona del mapa están tus escuadras y no si se han desplazado o no. La inteligencia artificial que rige los movimientos de las tropas enemigas la veremos a continuación.

<u>Si has movido tus tropas a la zona A o si has permanecido en esta zona A:</u>

- Mueve todas las escuadras enemigas que pudiera haber en la zona B a la zona A.
- Mueve todas las escuadras enemigas que pudiera haber en la zona C a la zona B.

<u>Si has movido tus tropas a la zona B o si has permanecido en esta zona B:</u>

- Mueve todas las escuadras enemigas que pudiera haber en la zona A y en la zona C a la zona B.
- Si hay más de 5 escuadras enemigas en la zona H, deja 5 escuadras en la zona H y mueve las restantes hasta la zona B.
- Si hay más de 3 escuadras enemigas en la zona E, deja 3 escuadras en la zona E y mueve las restantes hasta la zona H.

Si has movido tus tropas a la zona C o si has permanecido en esta zona C:

- Mueve todas las escuadras enemigas que pudiera haber en la zona B a la zona C.
- Mueve todas las escuadras enemigas que pudiera haber en la zona A a la zona B.
- Mueve todas las escuadras enemigas que pudiera haber en la zona E a la zona H.
- Si hay más de 1 escuadra enemiga en la zona J, deja 1 escuadra en la zona J y mueve las restantes hasta la zona H.
- Mueve todas las escuadras enemigas que pudiera haber en la zona N a la zona J.

Si has movido tus tropas a la zona D o si has permanecido en esta zona D:

- Mueve todas las escuadras enemigas que pudiera haber en la zona C a la zona D.
- Mueve todas las escuadras enemigas que pudiera haber en la zona B a la zona C.
- Mueve todas las escuadras enemigas que pudiera haber en la zona A a la zona B.
- Si hay más de 1 escuadra enemiga en la zona E, deja 1 escuadra en la zona E y mueve las restantes hasta la zona D.
- Si hay más de 5 escuadras enemigas en la zona H, deja 5 escuadras en la zona H y mueve las restantes hasta la zona D.
- Si hay más de 1 escuadra enemiga en la zona J, deja 1 escuadra en la zona J y mueve las restantes hasta la zona H.

Si has movido tus tropas a la zona E o si has permanecido en esta zona E:

- Si hay más de 5 escuadras enemigas en la zona H, deja 5 escuadras en la zona H y mueve las restantes hasta la zona E.
- Si hay más de 1 escuadra enemiga en la zona J, deja 1 escuadra en la zona J y mueve las restantes hasta la zona E.

- Si hay más de 3 escuadras enemigas en la zona D, deja 3 escuadras en la zona D y mueve las restantes hasta la zona E.
- Mueve todas las escuadras enemigas que pudiera haber en la zona N a la zona E.
- Mueve todas las escuadras enemigas que pudiera haber en la zona Q a la zona N.
- Mueve todas las escuadras enemigas que pudiera haber en la zona B y en la zona C a la zona H.
- Mueve todas las escuadras enemigas que pudiera haber en la zona A a la zona B.

Si has movido tus tropas a la zona F o si has permanecido en esta zona F:

- Las tropas enemigas no osan venir aquí pues son sabedoras de tu ventaja considerable por el desnivel del terreno. Esperan a ver tus siguientes pasos. No hay movimientos de escuadras enemigas.

Si has movido tus tropas a la zona G o si has permanecido en esta zona G:

- Si hay más de 5 escuadras enemigas en la zona H, deja 5 escuadras en la zona H y mueve las restantes hasta la zona G.
- Mueve todas las escuadras enemigas que pudiera haber en la zona B a la zona G.
- Mueve todas las escuadras enemigas que pudiera haber en la zona A y en la zona C a la zona B.
- Mueve todas las escuadras enemigas que pudiera haber en la zona L a la zona G.
- Mueve todas las escuadras enemigas que pudiera haber en la zona K y en la zona O a la zona L.
- Si hay más de 5 escuadras enemigas en la zona M, deja 5 escuadras en la zona M y mueve las restantes hasta la zona L.

Si has movido tus tropas a la zona H o si has permanecido en esta zona H:

- Mueve todas las escuadras enemigas que pudiera haber en la zona B y en la zona C a la zona H.
- Mueve todas las escuadras enemigas que pudiera haber en la zona A a la zona B.
- Si hay más de 2 escuadras enemigas en la zona D, deja 2 escuadras en la zona D y mueve las restantes hasta la zona H.
- Si hay más de 1 escuadra enemiga en la zona J, deja 1 escuadra en la zona J y mueve las restantes hasta la zona H.
- Si hay más de 1 escuadra enemiga en la zona E, deja 1 escuadra en la zona E y mueve las restantes hasta la zona H.
- Si hay más de 2 escuadras enemigas en la zona G, deja 2 escuadras en la zona G y mueve las restantes hasta la zona H.
- Mueve todas las escuadras enemigas que pudiera haber en la zona N y en la zona Q a la zona J.

Si has movido tus tropas a la zona I o si has permanecido en esta zona I:

- Mueve todas las escuadras enemigas que pudiera haber en la zona H a la zona I.
- Mueve todas las escuadras enemigas que pudiera haber en la zonas G, B, C, D, E y J a la zona H.
- Mueve todas las escuadras enemigas que pudiera haber en la zona A a la zona B.
- Mueve todas las escuadras enemigas que pudiera haber en la zona M a la zona I.
- Mueve todas las escuadras enemigas que pudiera haber en la zonas L, P y Q a la zona M.
- Mueve todas las escuadras enemigas que pudiera haber en la zonas K y O a la zona L.
- Mueve todas las escuadras enemigas que pudiera haber en la zona N a la zona Q.

Si has movido tus tropas a la zona J o si has permanecido en esta zona J:

- Si hay más de 5 escuadras enemigas en la zona H, deja 5 escuadras en la zona H y mueve las restantes hasta la zona J.
- Si hay más de 5 escuadras enemigas en la zona M, deja 5 escuadras en la zona M y mueve las restantes hasta la zona J.
- Si hay más de 1 escuadra enemiga en la zona E, deja 1 escuadra en la zona E y mueve las restantes hasta la zona J.
- Mueve todas las escuadras enemigas que pudiera haber en la zonas N y Q a la zona J.
- Si hay más de 2 escuadras enemigas en la zona D, deja 2 escuadras en la zona H y mueve las restantes hasta la zona H.
- Mueve todas las escuadras enemigas que pudiera haber en la zonas B y C a la zona H.

Si has movido tus tropas a la zona K o si has permanecido en esta zona K:

- Si hay más de 5 escuadras enemigas en la zona M, deja 5 escuadras en la zona M y mueve las restantes hasta la zona L.
- Mueve todas las escuadras enemigas que pudiera haber en la zonas O y P a la zona L.
- Mueve todas las escuadras enemigas que pudiera haber en la zona Q a la zona P.
- Mueve todas las escuadras enemigas que pudiera haber en la zona N a la zona Q.
- Si hay más de 1 escuadra enemiga en la zona J, deja 1 escuadra en la zona J y mueve las restantes hasta la zona M.
- Si hay más de 2 escuadras enemigas en la zona G, deja 2 escuadras en la zona G y mueve las restantes hasta la zona L.

Si has movido tus tropas a la zona L o si has permanecido en esta zona L:

- Si hay más de 5 escuadras enemigas en la zona M, deja 5 escuadras en la zona M y mueve las restantes hasta la zona L.
- Mueve todas las escuadras enemigas que pudiera haber en la zonas O y P a la zona L.
- Mueve todas las escuadras enemigas que pudiera haber en la zona Q a la zona P.
- Mueve todas las escuadras enemigas que pudiera haber en la zona N a la zona Q.
- Si hay más de 1 escuadra enemiga en la zona J, deja 1 escuadra en la zona J y mueve las restantes hasta la zona M.
- Si hay más de 2 escuadras enemigas en la zona G, deja 2 escuadras en la zona G y mueve las restantes hasta la zona L.
- Si hay más de 1 escuadra enemiga en la zona E, deja 1 escuadra en la zona E y mueve las restantes hasta la zona J.

Si has movido tus tropas a la zona M o si has permanecido en esta zona M:

- Mueve todas las escuadras enemigas que pudiera haber en la zonas L, P y Q a la zona M.
- Mueve todas las escuadras enemigas que pudiera haber en la zona O a la zona L.
- Si hay más de 2 escuadras enemigas en la zona G, deja 2 escuadras en la zona G y mueve las restantes hasta la zona L.
- Si hay más de 1 escuadra enemiga en la zona J, deja 1 escuadra en la zona J y mueve las restantes hasta la zona M.
- Mueve todas las escuadras enemigas que pudiera haber en la zona N a la zona J.
- Si hay más de 1 escuadra enemiga en la zona E, deja 1 escuadra en la zona E y mueve las restantes hasta la zona J.

Si has movido tus tropas a la zona N o si has permanecido en esta zona N:

- Si hay más de 1 escuadra enemiga en la zona J, deja 1 escuadra en la zona J y mueve las restantes hasta la zona N.
- Si hay más de 1 escuadra enemiga en la zona E, deja 1 escuadra en la zona E y mueve las restantes hasta la zona N.
- Si hay más de 3 escuadras enemigas en la zona D, deja 3 escuadras en la zona D y mueve las restantes hasta la zona E.
- Si hay más de 5 escuadras enemigas en la zona M, deja 5 escuadras en la zona M y mueve las restantes hasta la zona J.
- Mueve todas las escuadras enemigas que pudiera haber en la zona Q a la zona N.
- Mueve todas las escuadras enemigas que pudiera haber en la zona P a la zona Q.
- Mueve todas las escuadras enemigas que pudiera haber en la zonas L y O a la zona P.

Si has movido tus tropas a la zona O o si has permanecido en esta zona O:

- Si hay más de 3 escuadras enemigas en la zona P, deja 3 escuadras en la zona P y mueve las restantes hasta la zona O.
- Si hay más de 3 escuadras enemigas en la zona L, deja 3 escuadras en la zona L y mueve las restantes hasta la zona O.
- Mueve todas las escuadras enemigas que pudiera haber en la zona Q a la zona P.
- Si hay más de 1 escuadra enemiga en la zona J, deja 1 escuadra en la zona J y mueve las restantes hasta la zona Q.
- Si hay más de 1 escuadra enemiga en la zona N, deja 1 escuadra en la zona N y mueve las restantes hasta la zona Q.

Si has movido tus tropas a la zona P o si has permanecido en esta zona P:

- Mueve todas las escuadras enemigas que pudiera haber en la zonas L, O y Q a la zona P.
- Si hay más de 5 escuadras enemigas en la zona M, deja 5 escuadras en la zona M y mueve las restantes hasta la zona P.
- Si hay más de 1 escuadra enemiga en la zona J, deja 1 escuadra en la zona J y mueve las restantes hasta la zona M.
- Mueve todas las escuadras enemigas que pudiera haber en la zona N a la zona J.
- Si hay más de 3 escuadras enemigas en la zona E, deja 3 escuadras en la zona E y mueve las restantes hasta la zona J.

Si has movido tus tropas a la zona Q o si has permanecido en esta zona Q:

- Si hay más de 1 escuadra enemiga en la zona J, deja 1 escuadra en la zona J y mueve las restantes hasta la zona Q.
- Si hay más de 3 escuadras enemigas en la zona P, deja 3 escuadras en la zona P y mueve las restantes hasta la zona Q.
- Si hay más de 3 escuadras enemigas en la zona N, deja 3 escuadras en la zona N y mueve las restantes hasta la zona Q.
- Si hay más de 5 escuadras enemigas en la zona M, deja 5 escuadras en la zona M y mueve las restantes hasta la zona Q.
- Mueve todas las escuadras enemigas que pudiera haber en la zona L a la zona M.
- Mueve todas las escuadras enemigas que pudiera haber en la zona O a la zona L.

Paso 11 – Suma 1 al contador de TURNO DE BATALLA.

Incrementa en una unidad el contador de TURNO DE BATALLA (inicialmente, antes de empezar a jugar, está en 1 y cada vez que llegues a este paso se sumará en una unidad). El turno de batalla es relevante pues el librojuego puede desencadenar sucesos en función del turno de batalla en el que estás. Puedes anotar este contador en la misma hoja donde llevas el control de tus escuadras y las escuadras enemigas.

Paso 12 - Vuelve al paso 3 y repite la secuencia desde ese paso en adelante.

Este paso no requiere de mayor explicación. Al volver al paso 3 tendrás que repetir todos los pasos ya explicados.

***

Ya estás preparado para poder enfrentarte a la mayor batalla en la que jamás habías estado inmerso. Empieza por el paso 1 del turno de juego según las reglas que acabamos de explicar. Y esto es todo. ¡Ármate de valor y que el destino te sea amable!

MAPA CASTILLO VÖMUR

Castillo Vömur - ©Térragom

MAPA HEXAGONAL

Código de localización:
hex+número del hexágono
Código inicial: hex242

Made in the USA
Thornton, CO
01/02/25 15:22:47

7c06a447-f9ac-4bb4-8c0e-42abc41e9379R01